UNA HERENCIA CAÍDA DEL CIELO

ANGELICA SALDANA

Para realizar pedidos de este libro, contacte con:
Palibrio LLC
1663 Liberty Drive
Suite 200
Bloomington, IN 47403
Gratis desde EE. UU. al 877.407.5847
Gratis desde México al 01.800.288.2243
Gratis desde España al 900.866.949
Desde otro país al +1.812.671.9757
Fax: 01.812.355.1576
ventas@palibrio.com

| ISBN: | Tapa Blanda | 978-1-5065-3161-8 |
| | Libro Electrónico | 978-1-5065-3162-5 |

Información de la imprenta disponible en la última página

Fecha de revisión: 25/04/2020

Una herencia
caída del cielo

Vamos Miriam levantate que se te va a ser tarde al trabajo!-----Ella dice-----!Dejame dormir un ratito mas!-----Finalmente Miriam se levanta, desayuna y dandole un beso a su amiga se va a trabajar.

La mucama llama a Gabriela y le dice------Senorita la llaman por telefono!-----Gracias!------Dice la chica, era su novio cuyo nombre es Marcelo al que le responde-----Hola mi amor llamando tan temprano?------El comenta-----Si, es que como es Sabado quiero invitarte a salir esta noche!------Ella dice-----Esta bien querido, a que hora vas a pasar a buscarme?------El contesta------A las diez!------Esta bien como salgo a las ocho tengo tiempo de arreglarme!------Hacia una hora que Miriam se habia ido cuando Gabi la ve entrar diciendo------Me echaron!------Su amiga le dice------Claro seguro que llegaste tarde como otras veces, eso te iba a ocurrir algun dia!------Ella responde-----Mejor ya estaba harta de ser una exclava!------Gabi le pregunta-----Y ahora que vas hacer?-----No se, ya buscare algo!-----Almorzaron en el comedor junto a otras chicas, Gabi se fue a su trabajo, y Miriam se fue a su habitacion, decidio dormir una siesta, al rato de haberse levantado llega Daniel-----Hola mi amor como estas? Que ocurre que tienes esa cara?-----ella responde-----Me echaron del trabajo!------El dice-----Eso te pasa por dormilona!-----Por favor Daniel no empieces voz tambien, ya estoy cansada de ser una pobre obrera que gana una miseria, deseo trabajar donde gane mas!------exclama Miriam a lo que Daniel comenta------Bueno no te enojes ya encontraras algo mejor, ahora salgamos a divertirnos un poco, ya que manana es Domingo!-----Ella dice-----Esta bien espera que me arregle!------Daniel la espero en el salon de musica, era agradable tenia buen fisico, estaba muy enamorado de Miriam y ella de el, pero siempre le reprochaba que por falta de dinero no se podian casar porque trabajaba y estudiaba, asi que nunca tenia dinero.

Daniel tenia un pequeno coche y en el salieron, fueron a un parque caminaron un rato era un lugar muy bonito, con unos jardines hermosos con las mas bonitas flores, iban tomados de las manos, encontraron un banco donde se sentaron, el joven se acerco a la chica diciendole------Mi amor cada dia te quiero mas, si eso fuera posible!------Yo tambien mi vida!------Compartieron besos y caricias durante un rato, luego la chica le pregunta------Que te parese si nos vamos a bailar un rato?------Me parece una excelente idea!------Responde el, fueron a un boliche y alli encontraron a Gabriela y su novio, quienes los llamaron cuando los vieron, la chica comento------Tenemos una noticia que darles!------A si, que es?------Que nos hemos comprometido y dentro de tres meses nos casamos!------Los felicitamos hagamos un brindis por una eterna felicidad!------Dijeron los dos a la vez la otra pareja------Espero que nos imiten ustedes!------comenta Marcelo------Nosotros no tenemos esperanza ahora que me quede sin trabajo menos!------Dijo Miriam con tristeza-------No desesperes mi amor ya llegara el momento ademas, somos muy jovenes todavia!------Dice Daniel a lo que su novia agrega------Tienes razon, tratemos de disfrutar de nuestra juventud!-----Bailaron hasta altas horas de la madrugada, a la salida cada pareja tomo su coche rumbo al alojamiento de la chicas, entraron silenciosamente, les extrano ver luz en la habitacion anterior a la de ellas------Cuando salimos con Daniel todavia estaba desocupada!------Dice Miriam, a la hora del desayuno se encontraron con una nueva huesped------Buenos Dias!----- Dijeron las chicas, todas respondieron incluso la nueva, era una mujer muy hermosa de unos treinta anos, estaba demasiado elegante para el lugar, no parecia una simple empleada, su nombre era Esther y comento------Vengo de otra ciudad y me gusta mucho este lugar!------

Miriam dijo------Pues es bien venida!------Rato despues llegaron los novios y salieron, fueron a un balneario donde nadaron jugaron tenis pasaron el dia alli al atardecer hasta bailaron ya que tenian una pista de baile------Que dia precioso, verdad mi amor?------Dice Miriam a lo que su novio agrega-----Asi es, tenemos que aprovechar estos dias lindos, porque ya va llegar el invierno y no se puede disfrutar estar aqui!------Si, pero no te olvides que ibamos al cine, jugabamos cartas, lo pasabamos barbaro!------Dice la chica y Daniel agrega-----Asi es!

Al dia siguiente, Miriam comenzo la odicea buscando trabajo, hacian tres dias que salia en las mananas despues de comprar el periodico y volvia cansada y decepcionada, ese dia se encontro con Esther que salia elegantemente vestida y le pregunta a Miriam------De donde bienes?------Estoy buscando trabajo!-------Responde la chica, la mujer dice-----No me digas, y que sabes hacer?------Pregunta la mujer, la chica responde-----Bueno se usar la computadora, algo de contabilidad, pero es inutil nadie me da trabajo!------Que vas hacer ahora?------Dice Esther, la joven responde------Voy a descansar un rato y mas tarde despues de comer saldre de nuevo!------me gustaria charlar un rato con voz, quieres que nos encontremos en algun lugar?------Le propone la mujer, a lo que Miriam responde-----Podria ser!.

Combinaron el lugar donde se encontrarian, la joven entro a su habitacion, alli estaba su amiga lista para irse a trabajar, le preguna------Como te fue?------Esta le responde-----Mal, todos me dicen le vamos avisar!------Su amiga la consuela diciendole------Bueno no pierdas la fe, ya veras que en cualquier momento te llaman!------Ojala!-----comenta ella------Luego de descansar y darse un bano fue al comedor para almorzar, en ese momento suena el telefono de la casa, ella lo atiende, era Esther------Hola con Miriam por favor!------ Con ella habla!------Ho! con voz queria hablar, quieres almorzar conmigo asi adelantamos el encuentro?------ Asi la invitaba la mujer a lo que la chica responde------Lo siento pero no puedo tengo que avisarle a la encargada antes!-----Esta bien nos vemos a la hora convenida!------Agrega la mujer.

A la hora que habian quedado de encontrarse con Esther Miriam llego-----Que puntual, esa es una enorme virtud!------Comenta la mujer a lo que la chica reponde no me gusta hacer esperar a la gente!------Muy bien, que vas a pedir?-----Pregunta ella, la joven responde------Un un jugo por favor!------la mujer le pregunta------No tomas alcohol?------Oh no!-----Responde ella, despues de varios minutos de hablar de cualquier cosa la mujer le pregunta------Nunca pensaste en ser modelo?------Ella pregunta asombrada------Modelo? -------Si, porque te sorprendes, sos muy bonita, tenes un bello cuerpo!------le comenta la mujer a lo que la chica le responde------puede ser pero no tengo dinero para estudiar de modelo, y no creo que por muy bonita que sea, alguien me va aponer a modelar sin tener ninguna experiencia!------Bueno, todo tiene solucion hablando, si quieres puedes venir conmigo a la casa de modelo y vez un desfile que se hara dentro de una hora y luego decides!.

La chica sentia algo que no le gustaba, no la convencian mucho las palabras de la mujer. Por experiencia sabia lo dificil que era llegar a ser modelo, pues ella habia averiguado algunas veces, de todas maneras acepto ir a ver ese desfile, llegaron al local a los pocos minutos empezo el desfile, en ese momento se sento a su lado un hombre, ella no se dio cuenta hasta que el hablo y le pregunto-------te gustan los modelos, te gustaria modelar? Perdon soy Oscar encargado de fabricar modelos!-------Ella sorprendida pregunta------Y Esther? Estaba aca!------Salio un momento!-------El hombre era muy buen mozo, tendria unos cuarenta anos y le dice a la chica------No respondiste a mi pregunta!------Ho! no podria hacer ninguna cosa ni la otra, porque para comprarlos no tengo dinero y para modelar, no soy modelo!-------La mujer que llego en ese momento le dice------Todo depende de voz querida!------Miriam responde-----No entiendo!------Es facil si trabajas para nosotros podrias ser modelo si lo deseas, o simplemente ganar dinero para diafrutarlo!------Ella pregunta-----Y que trabajo tendria que hacer?------Oscar te lo va a indicar!------El hombre se puso de pies y le dijo a la chica-----veni vamos a conversar en otro lado mas comodos!-------Fueron a una oficina y se sentaron,ella escuchaba musica muy fuerte y mucha bulla, la joven pregunto------Que esta pasando?------El responde------- Ahora te explico, alli hay un boliche y mas adentro salas de juego, tu trabajo consistiria en atender a los clientes!------ A si y de que manera?------Pregunta ella -------Como copera!------Ella se paro como si fuera de resorte diciendo------Usted esta loco y Esther tambien si creen que voy hacer eso!------No te enojes y piensalo, no tendrias que hacer nada que no quieras, tampoco tendrias que tomar alcohol, voz solo tomarias te!------Por favor digame por donde es la salida, me quiero ir!------Esta bien toma mi tarjeta por si cambias de parecer, alli hay un taxi ese te llevara a tu casa!------Ella dice-----No necesito ningun taxi!-----Como estaba oscureciendo llamo a su novio para que la fuera a buscar, a los pocos minutos su novio llego, no sabia como explicarle lo que pasaba, temia que se enojara si le decia lo que habia pasado, o la tomaba por tonta y credula, asi que le dijo parte de la verdad------Como es que estas aqui y a esta hora?------Pregunta el joven------Vine con la nueva pensionista a ver un trabajo!------Y de que se trata?------pregunta el joven, lo que ella responde------Es para modelar!------Pero no sos modelo!------Responde el joven------Ellos me ensenarian y yo pagaria con trabajo, pero no me gusta mucho porque es haciendo limpieza!------El dice Estas loca?Todavia no he aceptado!-------Dice ella------Ni aceptaras agrega el joven!-----Esta bien mi amor no hablemos mas de eso!-----Responde la joven.

Al dia siguiente salio muy tempreno, como todos los dias llego muy cansada sin haber encontrado nada, pasado el medio dia su amiga se disponia a almorzar para ir a trabajar, Miriam entro con un----- Ola!------y siguio a su habitacion, se rescosto en su cama, pensaba que podria hacer si no conseguia trabajo, penso en la propuesta de Oscar, finalmente fue a almorzar, luego se acosto a dormir la siesta, era casi la seis de la tarde cuando la mucama la llamo-----Senorita Miriam la llaman por telefono!------Penso que era Daniel, su sorpresa fue enorme al escuchar la voz de Oscar que le decia------Por favor no me cortes, como estas?-----Bien, que quiere?------Pregunta ella------Verte, hablar con voz!------Dice el a lo que la chica responde-----Yo no tengo ningun interes en escucharlo!------Que pasa, es que me tienes miedo?------pregunta el hombre, ella a su ves tambien pregunta-------Porque habria de tenerle miedo? Sensillamente no tenemos de que hablar dice ella!-----No pierdes nada con escucharme!------Esta bien donde nos vemos?------En la esquina de tu casa, hay una confiteria alli te espero!------En quince minutos estoy alli.

Durante varios minutos estuvieron en silencio, finalmente el hombre comenzo a hablar------

Todavia estas enojada? Sos una tonta con tu belleza y tu cuerpo es un crimen despreciar esta

oportunidad nunca deberias casarte, porque desperdiciar tanta belleza, ademas sos ambiciosa,

de que forma vas a llegar a tener todo lo que ambicionas, casandote?-----Ella responde-----Yo se

que no tengo esperanza de llegar a tener todo lo que deseo, pero no voy a llegar tan bajo para

lograrlo!------El aclara------Estas equivocada si piensas que es un trabajo desonesto, como te

dije antes, ellos estan obligados a respetarlas dentro del local, lo que hagan fuera es asunto

de ellas!------Miriam dice-----Usted cree que mi novio aceptara por mas que le explique lo que

usted dice? ------El comenta------Como se te ocurre que le vas a decir a tu novio en lo que vas

a trabajar, decile cualquier cosa que trabajaras de modelo por ejemplo, no me contestes ahora

pensalo, que si aceptas pronto seras rica y si no siempre seras una pobre chica sin nada, el la

miraba de una forma acariciadora y le dijo con voz muy suave, sos una mujer fascinante, yo

particularmente estoy fascinado por voz, te haceguro que serias la maxima atraccion del local!-

-----Ella contesto-----Me voy, no se lo pensare pero no se haga muchas ilusiones, amo demasiado

a mi novio y no quiero perderlo.

Cuando llego a su alojamiento, se recosto en el sofa prendio el televisor, pero no escuchaba ni veia nada, tenia un torbellino en la cabeza, ya no le parecia tan malo lo que le proponia Oscar, ademas podia hacerles creer a todos que trabajaba de modelo, pero seria dificil enganar a Daniel ademas le doleria enganarlo-------La mucama le avisa------Senorita el joven Daniel esta en la sala!------Esta bien, Ya voy!------depues de los besos el joven le pregunta------Mi amor como te fue hoy?------Ella responde con amargura igual que siempre! Pero me moria de ganas de verte!------Que carinosa estas hoy, donde quieres que te lleve?------Pregunta el joven a lo que ella responde------A donde quieras mi amor!------Um! que respuesta mas peligrosa!------Eran felices se amaban tanto, esa noche fueron al cine.

Al dia siguiente, Daniel la llama por telefono y le pregunta a donde vamos a ir cuando salga de la escuela?------Quiero que vengas para llevarme a hacer algunas compras, con el dinero que me dieron en la fabrica, no es mucho lo que voy a comprar, porque tengo que pagar el alojamiento!------Cuando iban en el coche Daniel le pregunto------Saliste hoy a buscar trabajo?-------Por la mente de ella paso una sombra, iba a empezar a mentirle, me quedaron de contestar en otra agencia de modelos,------- Y que te ofrecieron?------- Modelar, ellos me van a ensenar y practicare un tiempo y si sirvo me quedare como modelo!------Se sentia una miserable, pero no pudo evitarlo era mas fuerte que ella la ambicion------Daniel exclamo------No quiero que seas modelo, no me gusta!------Como que no te gusta, se trata de nuestro porvenir asi podriamos casarnos antes------Exclamo enojada la chica, a lo que su novio dice------Nunca me casare con esas condiciones, me falta muy poco para terminar mi carrera, solo tendriamos que esperar un ano mas!------La chica responde------Sos un egoista, sere modelo te guste o no!------El pregunta------Es tu ultima palabra------Ya tome mi decision, voz sabras cual es la tuya, te quiero mucho pero me duele tu intransigencia!-----En silencio regrezaron al alojamiento, ella le dio un beso con un-----Hasta manana!-----El no respondio al saludo. Ya en su habitacion reflexiono sobre los ultimos acontecimientos,lloro como nunca, presentia que iba a perder a su novio, pero no se decidia a volver atras, si tanto le molestaba que fuera modelo, como reaccionaria si supiera la verdad, al dia siguiente no aparecio Daniel, ni tampoco llamo, asi pasaron tres dias sin noticias de el, al cuarto dia la llamo Oscar para salir esa noche, ella acepto ya que Daniel no aparecia, cenaron, luego fueron a bailar, mientras bailaban el hombre le dice al oido------Estoy loco por voz, te deseo enormemente, besandola apasionadamente, ella no se resistio al contrario, le agradaba que lo hiciera, el le propuso lo siguiente------Que te parece si vamos a mi departamento?------Se sorprendio que no le desagradaba la idea, pero dijo-----No prefiero que me lleves a mi domicilio, viajaron en silencio cuando llegaron el le pregunta------Que has decidido en cuanto al trabajo?------Manana te llamo para contestarte. Esa noche no durmio, pensaba en Daniel, como y cuanto lo amaba, pero estaba desconsertada ya que Oscar la confundia. Al otro dia llamo a su novio------Hola mi amor, te extrano mucho, necesito verte----- Esta bien, cuando salga del trabajo voy a buscarte!------Te estare esperando!------Dijo la joven, le venia bien salir ya que su amiga se iba con el novio a la casa de los padres de el, asi que estaba feliz de pasar unas horas con su novio.

Finalmente Llego Daniel, salieron en el cochesito de el, viajaron a un lugar solitario para tratar de reconciliase, iban en silencio no tocaron el tema que los habia disjustado para nada, ella le pregunta------Me extranaste?------Como un loco!------Contesta el, llegaron a un lugar hermoso, con enormes arboles y arroyo con aguas cristalinas, y unos jardines con hermosas flores que embellecian el lugar, vajaron del vehiculo y comenzaron a caminar tomados de las manos, luego de un trecho se detubieron, se miraron intensamente, el le dijo------Te amo Miriam, nunca podria vivir sin voz!------Se besaron apasionadamente, ella le dijo-----Nunca te dejare, no podria amar a otro que no seas voz, pasaron una tarde maravillosa, nadaron, pescaron, comieron, luego se recostaron al pie de arbol,se besaban, de pronto Daniel dijo-----Miriam quisiera que hicieramos el amor!-----Ella comento-----Yo tambien lo quiero Dani!-----Muchas veces habian estado solos pero no habian sentido la necesidad de pertenecer el uno para el otro, asi fue que se amaron intensamente, cuando volvieron a la realidad ya estaba oscuro, decidieron regresar. Miriam entro a su habitacion, su amiga estaba acostada, pero despierta y le comenta-----Un tal Oscar te llamo tres veces!------Oh, ya es muy tarde para llamarlo!-----Dice la chica, se habia olvidado por completo de el, ademas no sabria que decirle-----Despues de charlar un rato con su amiga se durmio, al otro dia se levanto temprano y tomo una decision, no queria perder a Daniel, asi que seguiria buscando trabajo, compro el diario y recorrio varios lugares sin encontrar nada contreto, todo era la vamos a llamar, cuando regreso la empleada le comunica-----Senorita, un senor llamado Oscar la llamo varias veces, se disponia a llamarlo para decirle que habia cambiado de parecer, que no aceptaria trabajar para el, cuando en ese momento llaman a la puerta, era Daniel que le dice------Tengo que hablar con voz!------Ella preocupada le pregunta------Me asustas habla de una vez!-----El le dice------Esta bien tesoro te lo dire, de esto depende que nos casemos antes, me trasladan a otra provincia por un ano y me doblan el sueldo, y corren con todos los gastos!------Y aceptaste?------Pregunta ella------Claro mi amor como iba a perder una oportunidad con esta?-----Pero estaremos un ano sin vernos!-----No mi amor vendre cada quince dias o aveces un mes pero es nuestra oportunidad!-----Si tienes razon querido, cuando te vas?------El dice-----Manana mi vida no te pongas triste, te escribire todas las semanas, ya se que no es igual, te extranare mucho estando lejos, podriamos pasar esta noche juntos, nos vamos a un hotel!-----Ella dice-----Si mi amor!-----Pasaron una noche inolvidable, al dia siguiente llevo a la chica su domicilio, se despidieron con un apacionado beso, como todavia era muy tempramo se acosto y durmio casi toda la manana, despues de almorzar, salio a caminar, pensaba en Daniel, en la propuesta de Oscar, ya era muy tarde cuando llego a la Recidencial, le dijeron que la estuvieron llamando, se imaginaba quien era, pero lo llamaria al otro dia-----estaba desayunando cuando vio que la empleada lo dejaba pasar el le dice------Hola! Sos mas dificil de encontrar que un ministro!------Debe de ser muy beneficioso conseguir que trabaje para usted, ya que se toma tantas molestia en encontrarme!------No vengo a que me contestes solo te invito a tomar un cafe!-----Lo siento es imposible, no tengo animos para salir!-----El dice-----Esta bien manana te hablo.

Su amiga habia salido temprano, ella volvio a comprar el diario y camino toda la tarde sin ningun resultado, asi paso varios dias, Oscar insistia y todavia no tenia noticias de Daniel, Esther volvio a tratar de convencerla, Miriam le reprocho su engano, la mujer le dijo-----Es mi trabajo, y si fueras inteligente aceptarias lo que te propone Oscar, mas ahora que tu novio se fue a trabaja afuera, segun me dijeron!--------Es sierto no soy inteligente, pero amo a mi novio y no quiero perderlo!------Por fin recibio una larga carta de Daniel, en ella le cuenta como la extrana y todos sus movimientos en ese lugar, tambien le dice que sera imposible viajar antes de un mes, ella lloro durante un rato luego se bano y se vistio rapidamente, fue al telefono y llamo a Oscar diciendole-----veni a buscarme necesito salir, en media hora estaban en un bar, ella le dijo-----acepto trabajar con voz, cuando empiezo!------Esta misma noche, yo te consigo ropa adecuada, te invito a cenar luego te llevo a mi departamento para que te cambies,Ya en el departamento de Oscar, este le dio varias prendas del talle de ella, tenia un cuerpo perfecto que todo le quedaba bien, al fin se decidio por uno que le quedo que ni pintado, al verla el exclamo------Estas fascinante!------El intento tomarla entre sus brazos, ella lo alejo rapidamente diciendole------ Yo solo voy a trabajar para voz, no quiero que confundas las cosas!------Sos muy arisca, espero que cambies!------Ella le aclaro----- No lo intentes si no quieres quedarte sin empleada!------Asi fue que se encontro frente a un extrano que no hacia mas que lamentarse de su suerte, se quejaba de su mujer y bebia copa tras copa, cuando se puso pesado Oscar le hizo una sena, entonces ella dijo------Permiso voy a arreglarme un poco!-------Un taxi la estaba esperando en la puerta que la llevaria a su casa, su amiga se desperto y al verla tan arreglada le pregunto de donde vienes tan elegante?------Ella le contesto------De un sesfile, acepte hacer ese trabajo!------Su amiga le dice------Daniel se va a enojar cuando se entere!-----Mas enojada estoy yo que no lo voy a ver en un mes!------Piensas que el no sufrira tambien?-----No estoy muy segura!------Dijo Miriam y se acosto.

Al dia siguiente se levanto muy tarde, estaba contenta, en una noche habia ganado lo que ganaba en la fabrica en un mes, a la noche ceno en la recidencial, como Oscar le habia dado una llave del departamento, fue sola a cambiarse, esa noche le toco alternar con un hombre mas joven y mas bebedor, cuando Miriam fue a retirarse, el la tomo del brazo diciendole-----No belleza no te me vas a escapar!------Un momento no esta permitido a obligar a la acompanante permanecer contra su boluntad con un cliente!-----Quien asi hablaba al cliente era Oscar------ Una de la empleadas comenta------Que le pasa al jefecito, nunca defendio tanto a una empleada?------El le dice a Miriam------ Vamos te llevo a cambiarte!-----Ya en el departamento dio rienda suelta a sus nervios y se puso a llorar con desesperacion, el hombre la dejo desahogarse, luego acariciandole los cabellos le dijo-----No debes temer siempre estare serca para defenderte!-----Estaban tan serca que no pudo dejar de besarla, ella sintio como la vez anterior, estubo a punto de avandonarse a sus brazos, pero reacciono y le pidio-----Por favor llevame a casa!-----El le dijo----Te espero en el auto.

Pasaron varios dias sin novedades, recibia cartas de su novio, y rapido le contestaba, se cuidaba muy bien de no contarle lo que estaba haciendo, una noche cuando se disponia a salir, habre la puerta y se encontro nada menos que con Daniel, fue tal su emocion que se abrazo a el llorando finalmente dijo-----Mi amor que hermosa sorpresa!------Se besaron con gran emocion, ella habia olvidado por completo que Oscar la estaba esperando, luego de unos minutos el joven le pregunta-----A donde ibas tan tarde?-----Ella reponde------Iba a caminar, Porque no podia dormir, te extrano demaciado!-----El dice------Vine por dos dias los tengo libres, asi que aproveche para venir a verte, que te parece si nos vamos a una cabana a pasar juntos esos dos dias?-----Me parece sensacional, esperame que preparo todo lo necesario en un bolso y nos vamos!------Le dejo una nota a su amiga que habia salido con el novio, salieron rumbo al la cabana, cuando llegaron a destino, pidieron alojamiento para dos, comieron algo que habian comprado en el camino.

Al dia siguiente se levantaron muy tarde, luego de desayunar salieron a recorrer el lugar, era bellisimo, estaba rodeado de cerros y enormes arboles, con jardines llenos de flores hermosas, se sentaron debajo de uno de esos arboles, Miriam comparaba la felicidad que sentia junto a Daniel y la atraccion que sentia junto por Oscar, comprendio que con este ultimo era fisico y con su novio era el amor verdadero------El le pregunta-----En que piensas tesoro------A lo que ella le responde-------En cuanto te amo mi vida, no te vuelvas a ir por favor!------Porque me pides eso si sabes que no puedo quedarme, tengo un contrato firmado!------ Dice el, a lo que ella comenta------Perdoname mi amor tienes razon!------Estuvieron dos dias que fueron inolvidables, al atardecer regresaron, cuando estaban entrando se encontraron con Oscar que salia y le pregunto------Es que piensas faltar esta noche tambien?------Ella no supo que decir, Dani pregunto------A donde tenias que ir?-----Perdon, olvide presentarlos, el es mi novio, el es Oscar!------El joven repite------ No me contestaste lo que te pregunte!------El es el dueno de la casa de modas que te conte!------Dice ella------El joven dice furioso------Quiere decir que estas trabajando de modelo?-----Antes que la chica pudiera responder el salio y subio al coche y salio a toda velocidad, la chica le dice al hombre------Que hiciste?-----el le dice-----Perdoname querida, no savia que era tu novio!------Trato de comunicarse con el pero no respondia, esa noche no fue a trabajar esperando que el volviera, asi paso toda la noche, en la manana, la mucama le dice------Senorita la llaman por telefono------Ella corrio pensando que era Daniel, momentos despues regresa al dormitorio llorando y asi le dice a su amiga-----Dani tuvo un accidente, llamaron aca porque tenia este numero entre sus cosas, esta en un hospital!------Las dos amigas salieron rapidamente rumbo al hospital, cuando llegaron les dijeron que el joven estaba en cirugia, preguntaba a las enfermeras por el estado del herido pero nadie sabia nada, despues de angustiosa espera, salieron dos doctores lo que preguntaron por los familiares del joven, Miriam dijo----Soy la novia!------Uno de los medicos dijo-----Esta muy delicado pero esta fuera de peligro, hay que esperar hasta manana para saber si hay alguna complicacion!-----Ella no entendia que complicacion pudiera haber, cuando lo sacaron todavia estaba dormido tenia la cabeza vendada, ella entro a la habitacion pregunta a la enfermera------Puedo quedarme con el?------Esta le contesto------El medico tiene que autrizarlo!-----Asi lo hizo, cuando le dieron la autorizacion hablo con su amiga-----Gavi ya puedes irte tenes que prepararte para ir a trabajar, gracias por acompanarme!------Estuvo con Daniel hasta la noche, cuando reacciono pregunto-----Donde estoy?----Ella contenta le contesta----En un hospital mi amor!------El le pregunta ------Quien es usted?-----En ese momento llega el medico y le pide que se retire un momento, pasan varios minutos que para la chica son interminables, cuando sale el medico le dice-----Venga conmigo, tengo que hablar con usted!------Ya en el consultorio el medico le informa-----Su novio a perdido la memoria, puede ser temporalmente, o definitivamente, no queda otra que tener paciencia, recuerda algunas cosa como el nombre de el y de algunos de la familia!-----Hable con el pero no insista sino la recuerda.

Entro a la habitacion, estaba en penumbra, su angustia era tremenda, penso que Dios la habia castigado por haberlo enganado, penso que haria si no la reconocia-----Hola----- le dice ella-----El la mira y le pregunta-----Quien es usted?-----Ella sentia que su corazon se partia en dos y tratando de disimular pregunta-----No te acuerdas de mi?-----No!------dice el, ella le dice-----Somos amigos!------El pregunta que me esta pasando?-----Ella le comunica-----Tubiste un accidente y perdiste la memoria momentaneamente, no te acuerdas?-----El responde-----Si eso me dijo el medico, pero no me dijo del accidente! Luego de un silencio la joven le dice-----Ya les avizaron a tu familia, te acuerdas de ellos?-----El comenta-----No se tal vez cuando los vea, tengo una confucion en mi mente Pasaron varios dias no hubo ningun cambio en el joven, el reconocio a los padres ellos se instalaron en la casa de una hermana de Daniel, que vivia en la misma ciudad, alli lo llevara cuando le den el alta Miriam en las noches se iba a seguir con su trabajo, pues ahora necesitaba mas que nunca el dinero, aunque el seguro del otro vehiculo le pagaba todo, siempre habian gastos extras y la familia de Daniel no estaba en condiciones de tener muchos gastos.

Su amiga tambien lo cuidaba angunas veces de noche, se aproximaba la fecha de la boda de Gavi, felizmente Daniel se recuperaba rapidamente, no hacia falta cuidarlo, la ultima noche que fue Gavi el joven le pregunto-----Y Miriam, esta trabajando?, es muy simpatica tu amiga!-----Si y muy buena!-----Le respondio ella. Al dia siguiente cuando llego Miriam, el estaba levantado y le dice-----Te estaba esperando------Oh! Como estas, para que me esperabas?------Le pregunta ella, el contesta-----Muy bien, lo que pasa es que me dieron de alta, queria si podias acompanarme!-----Ella le pregunta-----A donde quieres ir?-----Me gustaria ir a recorrer los lugares que yo conocia, porque si somos amigos seguro debes saberlo!-----Ella le pregunta-----Y tu familia sabe que te dieron de alta?-----Si, yo les avice y les dije que iria con voz a esos lugares que te dije, pero si no podes los llamo para que vengan a buscarme!------Ella contesta------Claro que puedo! Anduvieron por varios de los lugares que conocian, paro fue inutil solo consigo un fuerte dolor de cabeza, el le pidio-----Por favor Miriam llevame a la casa de mi hermana esta es la direccion!Asi lo hiceron, al dia siguiente salieron de nuevo, como el dia era hermoso lo llevo al lugar donde se amaron por primera vez, ella le pregunta-----Te gusta este sitio?------El le responde-----Es hermoso, ideal para enamorados, lastima que no somos novios, alguna vez estuvimos enamorados?------Ella le pregunto a su vez-----A voz que te parece?-------Bueno, me gustas mucho, tal vez estube enamorado pero no me anime a decirtelo, si no lo hice debo de haber sido un idiota, porque realmente me gustas una barbaridad, tenes novio?-----Ella le dice-----No, no tengo novio!-----Oh! Que los hombres son ciegos?-----Dice el-----Ella responde-----Lo que pasa es que el hombre que amo no lo sabe-----A! Conque estas enamorada, dichoso de el, lo conozco?-----Pregunto el, ella respondio-----No! No lo conoces, es cierto que te gusto tanto?-----El dice----Si es cierto y si ese afortunado no se da cuenta, creo que lo voy a suplantar, si es que no soy casado!----- No Dani no sos casado!.

Luego de varias horas en ese lugar que en otro momento fue maravilloso, deciden regresar sin haber conceguido nada, la mente de Daniel seguia en blanco, ya yendo a la casa Daniel le pregunta a la chica-----Miriam, siempre sos asi?------Ella a su vez tambien pregunto-----Asi como?-----Tan triste!------Ha! No, me entristece tu situacion!------ Aunque hubiera deseado decirle-----Nos amamos, que me muero por besarte!-----El sigue preguntando-- En que trabajas

Miriam?------Si te digo tal vez me desprecies!----El pregunta------Lo hice antes de que perdiera la memoria?------Si lo hiciste!-----Responde ella------El pregunta-----Tan malo es lo que haces?------No hago nada malo, soy copera de un club nocturno!------Dice la chica, a lo que el hombre pregunta-----No entiendo bien eso, podrias explicarmelo por favor?-----Es muy sencillo, tengo que tratar que los clentes que concurren al local beban lo mas posible, cuanto mas beben mas gano yo!-----Dice ella, Daniel pregunta------Despues de haber bebido que hacen?------Ella responde----Me voy a mi casa a dormir!-----Es tan sensillo, si es asi porque me enoje? Preguna el----Porque te parecia mal que alterara con hombres cada noche!-----Comenta ella, Daniel dice-----Me gustaria ir a ese lugar!-----Ella contesta-----No creo que haya inconveniente!-----Al momento que llegan ella le dice-----Bueno ya llegamos a la casa de tu hermana Querido!------El pregunta emocionado-----Me dijiste querido?-----Perdoname, te molesto?------No, al contrario, me parecio como si lo hubieras hecho siempre!------Como viajaban en taxi el chofer estaba esperando, ella dice-----Bueno yo sigo en taxi!----El insiste-----Estas segura que solo eramos amigos? Porque siento algo cuando estoy serca tuyo, tal vez estuve enamorado y nunca te lo dije!-----No se Dani----Dice ella, despidiendose, el le pregunta ------Te molesta si te doy un beso en la mejilla? ----Ella dice-----No, hazlo si li deseas!-----Asi lo hizo el joven con un-----Hasta manana -----Ella penso------Es lo que estoy deseando con toda mi alma-----No lo hizo por temor no sabia que podia pesar en la mente de el, cuando llego al alojamiento, entro a su cuarto su amiga la estaba esperando y le pregunta------Que tal lo pasaron?-----Ella le conto lo que paso con Daniel, su amiga le dijo-----Porque no le preguntas al medico que tenes que hacer, si es conveniente decirle la verdad!-----Luego de un silencio, Miriam comenta Pensar que dentro de dos dias te casas, dichosa de voz, porque yo ya perdi las esperanzas Su amiga le dice-----No digas eso, ya vez el siente que te ama, tal vez de pronto vuelve a ser el de antes!------Dios te oiga querida, voy a cambiarme para ir a mi trabajo-----dijo la chica cuando llego al departamento de Oscar este ya estaba alli, ella le pregunto----Que haces aqui?-----El responde-----Esperandote, tengo que hablar con voz!-----Que pasa?pregunta ella-----El dice-----Sientate y escuchame, es muy poco lo que tengo que decir, estoy enamorado de voz!-----Ella respondio-----No me hagas reir, no sabes de que medios valerte para conseguime, pero es inutil ahora menos que antes, porque aparte de que amo a Daniel mas que nunca, me siento culpable de lo que ocurrio con el y dedicare mi vida si fuera necesario, a cuidarlo!-----Oscar le comenta-----Estas equivocada, con respecto a mi, dseo casarme con voz, ademas no sos culpable de nada, porque el camionero fue el culpable del accidente, pensalo por favor, ahora me voy te espero en el local, desearia que no fueras mas!-----La chica le responde-----Que ironia voz me llevaste a esto y ahora deseas que no vaya mas, si no fuera tan triste, me reiria.

Esa noche alterno con un joven que se veia que le sobraba el dinero, pedia bebidas y no la tomaba, solo comentaba-----Estoy enamorado de una chica, ella es muy humilde, pero no me corresponde, esta enamorada de un companero de trabajo, y pensaban casarse pronto!-----Asi entre lamentos pasaban las horas, al fin decidio irse, para Miriam eso era una tortura, no soportaba mas esa situacion, pero como necesitaba el dinero debia seguir. Pasaron unos dias siempre igual, de dia salia con Daniel algunas horas y de noche trabajaba, su amiga se caso y se fueron de luna de miel por quince dias, en la fiesta estuvo Daniel, y bailaron, Mirian se sentia relativamente feliz, deseando que recuperara la memoria y a la vez temiendo que eso suceda, una noche cuando llego al Trabajo se encontro con una sorpresa, su novio estaba alli esperandola, Oscar le dijo----No pude evitarlo!-----Daniel se acerco a ella,esta le dijo-----Porque no me avisastes que venias? Porque te molesta que lo haya hecho?-----Pregunta el, ella le dice-----Hubiera preferido que no vinieras!-----El le comenta-----Sabes una cosa, descubri que me molesta la idea de que tengas que alternar con otros hombres, se que no tengo derecho, pero no lo pueo evitar, es mas fuerte que yo, claro que yo no tengo dinero, asi que si lo prefieres me voy----Ella dijo----No nos vamos los dos, las horas que paso aca la pasaremos juntos afuera!-----El joven le dice-----No tenes que sacrificarte por mi----No es ningun sacrifico lo hago con gusto!-----Luego de hablar con Oscar, este acepto de mala gana, salieron del local-----Caminaron un rato, llegaron a una plaza y se sentaron en un banco, el comento parecemos dos enamorados, voz que me conoces sabes si estuve enamorao alguna vez? No se Daniel, nunca me comentaste nada!-----El joven le pregunta-----Como es estar enamorado? Podes explicarmelo voz que lo estas!-----Ella le explico-----Cuando lo estes te daras cuenta solo sin que nadie te lo explique!-----El le confiesa-----Miriam, creo que estoy enamorado de voz!-----Ella le pregunta----Porque piensas eso?-----Porque siento unos enormes deseos de besarte, porque las horas que no estamos juntos me parecen eternas, si asi fuera seria terrible para mi porque si estas enamorada de otro no tendre ninguna posibilidad!-----Ella le aclara-----Te olvidas que el no lo sabe?-----Que quieres decir, que tengo alguna posibilidad de que me ames algun dia?-----Exclama el joven----- Ella piensa------Si supieras que sos lo que mas amo en la vida dijo-----No lo se Daniel, por lo pronto se que te quiero mucho, no se si llegare a amarte!-----El joven comenta---- seria capas de cualquier cosa con tal que sientas lo que yo siento por voz!-----Ella le dijo Tenes que tener paciencia!-----El la toma en sus brazos con fuerza y le dice con suave voz, me dejas que te bese?-----Si puedes hacerlo!-----Respondio ella-----Para sus adentro penso-----Me muero por ganas de que lo hagas!-----el la beso con gran intensidad que sorprendio a la joven, el se disculpo diciendo-----Perdoname si te molesto-----Ella le confeso----No! Al contrario, me agrado tu beso-----El le pregunta-----No lo dices para conformarme?-----Ella aclara-----No es la verdad!-----El la vuelve a besar y le dice----Te amo tanto que me parece como si te hubiera amado siempre!-----Ella le pregunta----Como podes saber que lo que sientes por mi es amor?-----Anduvieron varias horas, finalmente Daniel le pregunto a Miriam------Queres ser mi novia?-----Luego de unos minutos la joven respondio-----Dejame pensarlo, despues te contesto!-----Ella estaba loca de felicidad, pero no se atrevia a aceptarlo de inmediato.

Al otro dia no lo vio, fue a la casa de la hermana pero no estaba,le extrano muchisimo, a la noche fue como siempre al local, el hombre que le toco era algo mayor, pero muy buen mozo y amable, dijo no tener familia-----Estoy solo, a pesar de tener dinero nunca tuve a nadie que me quiera realmente, me entere que tengo una enfermedad incurable, que vivire dos o tres meses!-----Ella le dijo-----Lo siento senor!-----Conversaron mucho, el hombre era muy correcto y muy agradable, estuvieron como dos horas hablando, el pedia bebidas pero no las tomaba, al irse le pregunta a la chica-----Podria ser que nos vieramos manana-----Ella responde-----Claro, porque no.

A la manana siguiente estaba aun durmiendo cuando la llaman por telefono esra Daniel quien le dijo-----Quieres que pasemos el dia juntos?------No se, si asi lo deseas esta bien, No se si voz estas de acuerdo o no!-----No es eso es que pienso en tu salud-----Comenta la chica-----El dice-----Mi salud sos voz-----Ella acepta diciendo-----Esta bien, te espero- El llego en su cochesito, cuando la joven lo vio dijo-----Que sorpresa ya te lo entrgaron! Si el seguro del otro vehiculo se encargo de todo, bueno vamos a comprar lo que nos hace falta para pasar el dia-----El joven pregunta-----Adonde podemos ir?-----ella responde-----Te gusto el lugar donde dijiste que era para enamorados?-----Esta bien vamos para alla-----Dice Daniel.

Viajaron por unos minutos, ella le comento el problema del hombre de la noche anterior el no hizo ningun comentario, comprendio que a el no le gustaba hablar de su trabajo, asi que no toco mas el tema, Daniel coloco el coche en el mismo lugar que estuvieron la primera vez, decendienro del vehiculo, recorrieron los alrrededores donde a cada instante el se detenia a contemplar el paisaje al fin dijo-----Me parce haber estado aca antes!-----ella dice-----Claro que estuvimos!-----Si voz decis despues del accidente, yo digo antes!-----Miriam no contesto, no sabia que decir, era un hermoso dia encontraron una cascada altisima rodeada de flores preciosas, el agua caia a un arroyo, se veia tan transparente que invitaba a sambullirse en el,

Daniel le propuso a la chica----Miriam que te parece si nos banamos aca?-----Ella respondio----Me parece una excelente idea!-----Como tenian el traje de bano debajo de la ropa alli mismo se metieron al agua, ella se adelanto nadando a favor de la corriente el le gritaba-----Esperame-----Ella le decia-----Veni alcanzame!-----El le decia-----Alla voy----El le dice no sabia que sabia nadar!-----Ella le dice-----Oh! Es verdad, siempre fuiste un gran nadador!-----Nadaron de vuelta, pasaron por un bosque, ella dice-----Estoy agotada, quiero descansar, el dice encambio yo estoy lo mas bien-----Ella comenta-----Sigues siendo un hombre muy fuerte!------Se recostaron en el cesped uno junto al otro, luego de unos minutos el se acerco a ella y tomandole el rostro la beso intensamete, ella correspondio al beso, cosa que le sorprendio al joven y le prgunta----Me amas un poco! Ella le dijo-----No te amo un poco, te adoro, sos el unico hombre que ame en la vida, ya no puedo callarlo mas,no te lo decia por temor!-----El le dice por favor cuentame todo, Quiero saber la verdad-----La verdad es que te quiero nos queremos, somos novios ibamos a casarnos cuando te recibieras!-----Ahora comprendo porque desde el primer momento que te vi senti que te amaba-----Asi en la mas completa felicidad pasaron el dia, al atardece regresaron, en el trayecto Daniel dijo-----Mi amor, si yo te pidiera algo, me lo concederias?-----Ella responde-----Dependende de lo que sea!-----Quisiera que dejaras de trabajar en es lugar!-----Ella dice----- Es imposible por ahora mi amor, tengo muchas deudas y no tengo otra posibidad de trabajo, poque me pides eso es que no confias en mi?-----Perdoname, no es desconfianza es que me molestan esos hombres que se acercan a voz!-----Ella dice-----No tenes que preocuparte mi vida, solo existes voz para mi. Esa noche volvio el hombre que estaba enfermo, bebia en silencio, luego de unos minutos le pregunta cosas de ella-----Le pidio que le contara su vida-----Ella dice---de mi vida hay poco que contar, por medios de enganos, estoy en este trabajo, y cuando quise dejarlo no pude ya que necesito el dinero porque mi novio se accidento y a pesar que el seguro le paga los gastos y como el no esta trabajando se presentan gastos innesperados, yo le doy dinero a la familia de el para que no se sienta mal si sabe que yo los ayudo!-----El hombre le pregunta-----Entonces dejarias este trabajo si no necesitaras el dinero?-----Ella comenta-----Por supuesto, este trabajo no me gusta, todos los hombres no son como usted hay algunos que son insoportables, a veces no los atiendo, pero como le dije, necesito el dinero, tengo que resignarme!------Cuando el hombre se fue le dejo mucho mas dinero que lo acostumbrado, a la noche siguiente le dijo-----senor Matias, que ese era el nombre del senor-----No tenia que dejarme tanto dinero, yo no le conte la historia para que me tenga lastima!------El le aclara----Oh! No te sientas mal no fue por lastima, al contrario te admiro porque sos una luchadora, y yo tengo mucho dinero y no se como gastarlo y me siento feliz si sirvo para ayudar, en todo caso estamos ayudando a tu novio entre los dos, no te parece justo?-----Esta bien, si usted dice que eso lo hace sentir bien, lo acepto.

El iba todas las noches y siempre queria que lo atendiera Miriam, ella continuaba su vida normalmente, La familia de Daniel pensaba que la chica trabajaba de modelo, salia todos los dia con su novio, la joven pensaba, como seria su reaccion si el recuperaba la memoria-----Un dia Daniel le comenta-----He pensado ir al trabajo para ver si me acuerdo de algo y si es asi empezar a trabajar yo me siento perfectamente bien!-----Ella le pregunta-----Estas seguro que no tendras problemas?-----Bueno si los tengo no voy mas y ya esta, de acuerdo mi amor?------Ella dice-----Si eso te hace sentir bien, hacelo. Mathias hacia una semana que no iba al local, esa manana la mucama de la pension le entrego dos cartas, habrio la primera, era una tarjeta de su amiga donde le decia lo felices que eran y lo bien que la estaban pasando, Habrio la otra extranada que no tenia remitetnte, a medida que la leia su asombro crecia, llamo a Oscar-----Si, Miriam que pasa, estas enferma?-----Pregunta el hombre la chica responde------Estoy bien, quiero que vengas a mi domicilio!------El dice-----Voy en este momento!-----Cuando el hombre llego ella le dio la carta, era de un abogado donde le decia que el senor Mathias la habia dejado como unica heredera de sus bienes, luego de leerla el le pregunta a la chica-----Quien es ese Mathias?-----El hombre que siempre queria que yo lo atendiera!------Comenta ella----- Ah! Ya recuerdo, y que vas hacer ahora?------ Pregunta el----Ir a ese abogado, pero no se si sera tan sensillo!-----Oscar comenta-----Bueno el abogado te dira que hacer!.

El hombre se fue y ella se disponia asalir cuando suena el telefono la empleada le dice ----senorita la llaman por telefono!-----Quien es pregunta la joven, la mujer responde responde-----Su novio-----Ella atiende-----Hola mi amor, como te fue?-----El contesta---- Muy bien, recuerdo perfectamente todos los movimientos de la empresa, el lunes empiezo a trabajar------Cuanto me alegro mi amor! Que vas hacer ahora? Pregunta ella Pense en invitarte a comer!-----Esta bien pero antes tengo que hacer un tramite, serias tan amable en acompanarme?-----Pregunta ella, el le responde-----Encantado, a que hora es?------Ya mismo!-----Responde ella-----El dice-----Alla voy------Cuando llego la chica le muestra la carta, diciendole-----Este es el tramite que tengo, voy al abogado que me envio la carta!------El dice-----Esta bien vamos.

Ya en la oficina, el abogado comento-----Todo es legal, el senor Mathias Escalante le deja toda su fortuna, a la senorita Miriam Escudero, es usted?-----Pregunta el abogado Asi es senor!-----Responde ella-----El hombre pregunta -----Acepta usted la condicion del senor Escalante que deje el trabajo que tiene, para asi recibir la herencia ofrecida por dicho senor?-----Si, la acepto!-----Responde ella, el abogado continua diciendo---- Estoy autorizado a entregarle toda la documentacion que avalua la entrega a la senorita Miriam Escudero, La herencia ofrecida por el senor Escalante, una carpeta con todos los titulos de propiedad de los vienes raices y este es el nombre del banco donde esta el dinero en efectivo, en la residencia donde vivia el senor

Escudero esta todo el personal de servicio, el ama de llaves es la que la recibira y le entregara las llaves correspondientes, usted decidira si se queda con el personal, si lo desean, puedo acompanarlos cuando lo dispogan a ver las propiedades, en esta hoja esta detallado todo lo que le dejo este senor!------Asi se hizo, el abogado le entrego toda la documentacion. Miriam decidio citar a Oscar para hablar de la decision que tomo, se encontraron en el negocio cerca del alojamiento de ella------Despues de los saludo la chica comenzo a explicarle la situacion, ya cuando termino con todo lo que tenia que decirle,agrega la decision que tomo, diciendole-----Como te imaginaras ya no voy a seguir de copera! El respondio-----Prefiero perderte como copera que verte noche tras noche con esos hombres!-----Que ironia pensar que voz hiciste hasta lo imposible para comvencerme que fuera copera!-----Eso fue antes, voz sabes cuales son mis sentiniento ahora-----Por favor no empieces con eso me voy a casar con Daniel, el ya sabe la verdad!-----Si, pero su reaccion sera la misma cuando recupere la memoria, espero que si!

Ya en su humilde habitacion de la residencial, se recosto en la cama y recorrio toda su via, su familia siempre fue muy pobre, pero nunca paso necesidades, sus padres siempre fueron muy trabajadores, eran campesinos y ella les ayudaba en las vacaciones, de los ocho anos hasta lo dieciocho, asi fue que decidio venir a la ciudad con su amiga Gabi y conseguieron el trabajo en la fabrica asi podia ayudar a sus padres ya que era hija unica,siempre se escribia con ello, segurame se van a poner muy contento cuando la vean ya que piensa ir personalmente a darles la noticia, penso pedirle a Daniel para que la acompanara o que la llevara-----Asi lo hizo------Hola mi amor,estas muy ocupado? El joven responde----Mi vida, para voz nunca estoy ocupado, que necesitas?-----Pienso ir a vicitar a mis padres, este fin de semana, me acompanarias?-----Pregunta ella, el le responde------Seguro, cuando salga de trabajar voy a verte para que hablemos.

Asi lo hicieron, viajaron mas de dos horas en el auto de Daniel, ya en la casa de sus padres, la primera que la vio cuando Miriam se vajaba del vehiculo fue la mama de la chica-----se hacerco a ella y abrazandola y besandola le decia-----No esperaba esta hermosa sorpresa, que alegria me has dado hijita! En ese momento aparece el padre y le Pregunta-----Es verdad lo que veo?----Ella

le responde-----Si papito es verdad!------ Y se dieron una abrazo enorme y muchos besos----
-La chica dice-----Les presento a mi novio El joven dice-----Encantado de conocerlos!------Ya
adentro de la casa la chica le entraga a su madre una canasta con varias cosas, tambien comida
preparada,------Mamita podes servir lo que traemos, despues de comer vamos a conversar------
La chica le ayudo a la madre a preparar toen la mesa, asi fue que comieron conversaron, ya
al finalizar, Miriam dijo Papi Mami, recibi una herencia de mucho dinero, y voy a venir en
unos dias a llevarlos conmigo, para que vivamos juntos!-----El padre le pregunta-----Estas
segura hijita que ese senor te dejo tanto dinero?-----Ella le responde por suerte si ya esta toda
la herencia a mi nombre porque el no tenia a nadie para darcela, y como yo era muy buena
empleada y el senor sabia que le quedaba poca vida, sin decirme nada, puso todo a mi nombre,
hacia poco que trabajaba para el,!------Luego de varias horas junto a su familia la joven dice-----
Bueno nos vamos tengan todo listo que el fin de semana venimos a llevarlos-----Cuando llegaron
a la recidencial el joven le pregunta a su novia-----Que vas hacer manana?-----Ella le comenta-
----Que te parece si vamos a conocer al casa donde vamos a vivir cuando nos casemos?-----El
joven se quedo en silencio unos minuto, luego dijo-----No se cuando nos casaremos y si me ira
a gustar ir a vivir a una casa que no es mia!------Por favor Daniel si es asi tampoco seria mia,
todo lo que me regalaron es de los dos, ho es que no quieres casarte conmigo?-----Quiero ver
si recupero la memoria primero, porque siento como que no soy yo completamente!-----Ella
dice----Esta bien te entiendo, pero porque me preguntaste que voy hacer manana?-----Ha! Es
que queria ir al cine, pero vamos otro dia, a que hora quieres que vayamos!-----Bueno como
manana es sabado y no trabajas podriamos ir temprano, a las nueve esta bien? -----Pregunta
la joven ---El rsponde esta bien mi amor a las nueve estare aca!----Aldia siguiente Miriam se
levanto temprano y llamo al abogado y le pregunto-----Podia ir conmigo y mi novio para que
nos acompane a tomar posesion de la casa donde vamos a vivir?-----Esta bien senorita a que
hota quiere que la pase a vuscar?-----Dice le hombre, ella le responde----A las nueve esta bien?-
----Muy bien senorita, en una hora estare alli-----Al la hora indicada llego el hombre, Daniel ya
habia llegado asi que salieron,a los pocos minutos llegaron a la casa la entrada era un enorme
porton, que se habrio automaticamente, entraron con el auto Habia unos cuantos jardines

bellicimos, el frente de la casa era imponente, tenia dos pisos y era enorme, Miriam que do paralizada por unos segundos, luego pregunto----Esta es la casa que herede?-----El abogado le dijo-----Si senorita-----Ella exclamo----Pero esto es un palacio!----- el respondio asi es, pasen por favor, voy allamar al personal de servicio----Ella miraba todo ipnotizada, habia alli tanto lujo y todo tan hermoso que nunca habia visto ni siquiera en peliculas, a los pocos minutos llega el abogado con varias personas el hombre explico----Estas persona estan al servicio de la casa, algunos de ellos estan desde hace muchos anos----Ella dijo-----Encantada de conocerlos, si lo desean pueden quedarse conmigo, yo por ahora no tengo ningun inconveniente que asi sea, Esta bien senorita dijeron todos,----Yo soy Raquel y soy el ama de llaves, ya le presentare a los demas empleados cuando este establecida en la casa,estas son las llaves que usaba el senor!-----Ella dijo-----Esta bien Raquel, espero que esten a gusto conmigo! El abogado les dijo-----Ya pueden retirarse!el hombre les pregunta-----Se quedaran a comer?----Ella le pregunto a Daniel, este respondio------No, preferiria que nos fueramos! La chica dijo----Manana vendremos a quedernos definitivamente!------La empleda dijo-----Esta bien senorita!------Se fueron, Daniel le pregunto a su novia-----Miriam porque dejiste que vendriamos a quedarnos definitivamente?----Bueno, es que no me acompanaras manana, asi recorreriamos toda la casa y la parte de afuera, pasariamos el dia juntos,no te interesa?-----El comenta-----Bueno viendolo de esa manera, diria que si! Al dia siguiente, la paraja sale rumbo a la nueva casa, Gabi todavia no regresa de la luna de miel, cuando regrese se llevara una sorpresa.

Finalmente llagaron a la casa, como el dia anterior el porton se abrio automaticamente, entraron, Raquel salio al encuentro de la pareja, los acompano hasta el interior de la casa,recorrieron toda la casa con el asesoramiento de la empleada,las habitaciones eran increibles,Todo de buen gusto y de la mas alta calidad-----Ella dijo-----Me quedare con esta habitacion por favor me la puede acondicionar, traigo en las balijas ropa tambien las coloca en un lugar adecuado por favor! Vere mas adelante tal vez le haga algunos cambios!-----Raquel le dijo----Si lo desea llamare a una compania para que la asesore Senorita-----Ella comento----Esta bien Raquel, llamalos por favor!-----luego salieron con intencion de recorrer el jardin, atras de la casa habia una enorme pileta de natacion, una cancha de tenis, un enorme parque con arboles de distintos paises, con los nombres en cada arbol, Miriam creia estar sonando-----Ella le dice a su novio-----Querido que te pacerce si le decimos Raquel que le diga a algunos de los empleados que nos lleve a la fabrica de calzados!------El dice -----Como quieras mi amor!-----Asi lo hizo la chica, Raquel llamo al chofer de la casa y le dijo a ellos-----El es el chofer y los puede llevar! Asi fue que recorrieron la fabrica de calzado, y la de ropa, luego los llevo a los edificios de departamento, eran dos de quince pisos y estaban alquilados, el choder les pregunto si querian entrar para verlos------Miriam dijo-----No, es suficiente por ahora, llevenos a casa por favor, ya en la casa recibe una llamada del abogado-----Este le pregunta------ Desea que la lleve a buscar el coche del senor Mathias? -----Esta en el estacionamiento del club nocturno que el frecuentaba!-----Como paso?-----Pregunto ella-----Fue la ultima noche, cuando salio se sintio mal, alguien llamo una ambulancia lo llevaron al hospital, donde fallecio al poco rato de llegar!-----Ella pregunta-----Como supieron que el coche estaba alli?-----El hombre responde----Cuando avisaron a su casa del fallecimiento del senor que supieron la direccion por sus documentos, Raquel me llamo, y me encargue del sepelio,ella misma me pregunto por el coche, llame al hospital y pregunte donde estaba el senor Escalante cuando lo llevaron en la ambulancia, y ellos me dieron la direccion y asi me entere, pero me extrano que no fue con el chofer, el coche todavia esta alli, todos nos olvidamos de llevarlo, por eso le pregunto, pero si prefiere llamo al chofer-----Ella le dice-----Si mejor llamelo, que lo lleve el, gracias senor Roque, le aviso si lo necesito!------Ella le pregunta a su novio-----Querido te pasa algo?-----No mi amor que podria pasarme?-----Como estas tan callado, hay algo que te molesta?-----No es que me molesta, es que pienso que tu vida va a cambiar, vas a estar en otro nivel donde yo no entro!-----Dice el, ella le explica-----Estamos y estaremos siempre en el mismo nivel, mientras estemos juntos, todo depende de voz, si todavia no estar seguro de querer casarte yo te espero hasta que recuperes la memoria!-----Y si nunca la recupero?-----pregunta el-----Bueno ya te dije es tu decision!-----Comenta ella-----El dice----- no me parece justo, puedo estar toda la vida asi!-----Bueno Dios dira, mientras, que te perece si la llamo a Raquel y le digo, que le diga a la cocinera que nos prepaare algo rico, para almorzar, porque yo tengo hambre no se voz?-----Comenta ella----- El responde----Yo, tambien!-----Finalmente llegaron la casa, la cocinera les tenia una lazana riquisimas-----El joven dice-----Creo que voy a venir seguido a vicitarte, porque vas a tener una cocinera que cocina muy rico!-----La chica, se rie diciendo-----Entonces me tengo que asegurar que no se vaya!-----Luego de un exquisito almuerzo, y depues del postre, la pareja sale al jardin, y se sientan cerca de la piscina, Raquel se arrima y les preguna------Decearian tomar algo?-----Si, podrian traernos algun jugo?-----Si, en un momento!----La La chica dice----Si tubieramos los traje de bano, mas tarde podriamos darnos un chapuzon!-----Raquel alcanzo a escuchar y dijo-----Perdon pero como escuche que deserian usar la piscina, pueden hacerlo porque en los cuartos hay trajes de bano para dama y para baron, nuevos y de todas las medidas!-----La joven dice-----Gracias,Raquel

Luego de tomar los jugos los novios saliero a caminar por el parque era realmente precioso, tenia una fuente en el medio, habian estatuas por varias partes, y jardines con preciosas flores, tambien habia juegos para ninos, Miriam le dice a su novio-----Que preciosidad, verdad?-----Asi es mi amor, es como estar en el paraiso, este senor tenia buen gusto!-----Mira querido, hay un banco debajo de ese arbol sentemonos!-----comenta la chica-----El responde-----Esta bien!-----Y comenta----Este arbol es un ombu, Se sentaron Miriam hacia proyectos, que hermoso va a ser cuando nos casemos y vivamos todos aqui!-----El por toda respuesta la beso apasionadamente, asi entre besos y caricias pasaron algunos minutos, finalmente cada uno, fue a los camarines donde estaban los trajes de bano y ya con ellos puestos entraron a la piscina, nadaron un rato, se divertieron muchisimo, decidieron salir, se cambiaron y regrsaron a la casa, cuano estaba por entrar a la cocina, escucho a Raquel que hababa y decia, no supo poque no entro y decidio esduchar lo que hablaba la mujer, le decia a la otra persona-----Yo te dije que le dijeras la verdad a Don Mathias, ahora ya es demsiado tarde, si se llega a enterar tu hijo me imagino que no te lo va aperdonar nunca!----- La otra mujer dijo----A no ser que hablara con la chica!-----Raquel contesta-----Crees que te creeria?-----No se, podria intentarlo, bueno me voy!-----Ella dejo pasar unos segundos y entro-----Raquel sorpredida dijo------Oh! Senorita, necesita algo?-----Veo que tiene vicita!-----Si ella es la hija de un matrimonio amigo del senor Mathias!-----La mujer le tiende la mano diciendo Mucho gusto mi nombre es Claudia, hoy recien me entere de la muerte de Mathias, estuve de viaje!-----Miriam dice-----Lo siento, tambien estoy encantada!-----Donde esta Norma?------Pregunta Miriam-----Raquel responde-----Hoy es su dia libre, que necesita senorita?-----Por favor necesito un almuerzo para dos personas para manana!---Comenta ella, la otra le pregunta-----Que decearia que le preparan?-----Lo dejo a su elecion. La joven volvio con su novio y le comento lo escuchado en la cocina, pero no entendio lo que pasaba.

El joven le comenta asu novia-----Ya veo que vinieron a remodelar tu habitacion!-----Si respondio ella, ya les di las indicaciones de los cambios, en una hora dicen que estara lista, menos mal pense que iba a tener que dormir en el cuarto de huespedes!-----Ya era de noche el joven dijo-----Bueno me voy-----Ella le comento-----Porque no te quedas y duermes en el cuarto de huespedes,para que no hayan comentarios, no estare tranquila si viajas de noche!------No te preocupes llamo un taxi!-----No mejor que te lleve el chofer-- Dice la chica------ A lo que el joven responde-----No como crees!-----Ella llamo a Raquel y le Dijo-----Por favor digale al chofer que venga-----Asi lo hizo la mujer----el joven no le quedo mas que irse con el auto de la casa, despues de despedirse apasionadamente.

Al dia siguiente, ya era Sabado ella llama a Daniel y le pregunta-----Tenes algun plan para hoy?-----No, que queres hacer?-----Dice el----Me gustaria ir a la finca, que te parece?------Pregunta ella y agrega iria el chofer a vuscarte, El responde----Esta bien! Mientras espera a su novio Miriam llama a Raquel esta llega y pregunta---- Que necesita Senorita-----le voy hacer una pregunta y quiero que me responda con la verdad! Como usted diga senorita!-----Ayer sin querer escuche una conversacion con Claudia cuando nombraron a el senor Mathias, de que se trata?-----Perdoneme senorita pero ese es un secreto que solamente ella le puede revelar!-----Dice la mujer,-----La chica le pide la direccion de Claudia-----Esta es----- Dice dandosela-----Miriam le dice llamela y le dice que me espere que ire a vicitarla manana.

Cuando llego Daniel la chica le dijo ya estoy lista para que nos vamos----Asi lo hicieron los llevaba el chofer, viajaron una hora, la casa principal era imponente-----La chica dice-----Que preciosidad! Tienes razon es expectacular!----- Salio una mujer que pregunto-----Que desean los senores?-----Miriam respondio-----Perdon, soy la nueva duena de la finca!-----Si, lo imagine porque reconoci el coche y el chofer, soy la encargada de la casa, si lo desea llamo a las demas personas de servicio!-----Ella respondio-----Esta bien!-----Llegaron varias persona y uno de ellos se adelanto y dijo dijo----- Soy el administrador de la finca, algunos incluido yo hacen mas de quince anos que trabajamos aca! Pero si usted desea presindir de nuestr servicio avicenos con tiempo Ella dice-----No se preocupen ninguno se tiene que ir, siempre que sigan cumpliendo con sus obligaciones, ahora lo que quisieramos es recorrer la finca!-----Tenian un vehiculo todo terreno y en el nos llevaron, el lugar era muy grande para ir caminando, tenian separado los frutale los vinedo y las veduras, era un panorama verlo, tenian las maquinas mas modernas para todo, estaban en tienpom de cosecha de la uva, observabamos como cosechaban y cargaban los camiones, los que descargaban en la bodega que alli mismo estaba, llegaron al final de los vinedos,-----Decendieron del vehiculo y la chica dice,-----Mira Dani que uvas de granos tan grandes!-----El joven comenta-----Y tan ricas!-----Ya que esta comiendo de un racimo que corto----Le dice, Ella toma un racimo y dice-----Es verdad!-----En ese momento se hacerca un hombre y pregunta-----Que desean los senores?-----El obrero que los llevo se acerca y le dice----La senora es la nueva propietaria de la finca!-----El hombre dice-----Oh! Encantado de conocerla senora, soy hijo el administrador de la finca y el enologo de la bodega estoy seleccionando las uvas que estan listas para la cosecha, porque no todas maduran al mismo tiempo!-----Bueno ya podriamos regresar?------ Pregunta ella al chofer del vehiculo-----El dice-----Cuando quieran!-----Asi que saliero de alli, cuando llegaron a la casa salio Raquel diciendo cuando quieran servirse la comida esta lista!-----Esta bien ahora vamos-----Luego de lavarse la manos, y ya en la mesa, saborearon la exquisita comida que preparo Norma, luego de comer saliero al jardin iban caminando esquivando una enormes piedra que habian en el jardin, cuando Daniel tropezo y cayo dando su cabeza sobre una de esas piedra y perdio el sentido, Miriam desesperada gritava pidiendo ayuda-----Por favor llamen una Ambulancia!-----Raquel le dice-----Senorita no seria mejor llevarlo al hospital-----Ella dice----Tiene razon-----Asi fue que lo llevaro rapidamente al hospital mas sercano, una vez alli ella llamo a la familia, despues de dos horas de espera salieron los medicos de la sala de cirugia-----Como esta Daniel? Pregunta la madre angustiada de pronto para sorpresa de todos ven salir a Daniel; la chica lo mira como petrificada, el mira todos, se abraza a su madre, luego de abrazar a todos ve a Miriam se acerca a ella y le dice-----Mi amor ya recuerdo todo!-----Ella lo abraza sin contener el llanto,-----Luego todos regrezaron a sus casas.

Al dia siguiente, Daniel Llama a Miriam, por telefono y le dice-----Hola Miriam necesito hablar con voz!-----Ella responde-----Esta bien te espero en mi casa, recuerdas donde es?-----Si, llego dentro de una hora!-----El dice-----La chica quedo pensativa, le parecio que dijo de una manera especial (Recuerdo lo de antes y lo de ahora)----Raquel le dice-----Senorita la buscan!-----Quien?-----Pregunta ella-----Son dos senores!-----Responde la mujer-----Hacelos pasar a la biblioteca!-----Haci lo hizo la mujer, minutos despues entra Miriam-----Buenas tardes soy Miriam Escudero, ustedes diran en que los puedo ayudar?El primero responde-----Soy Enrrique Rivero y soy es decir era el contador del senor Escalante, vengo a ponerme a su disposicion si usted no decide lo contrario!-----Ella le pregunta------Cuanto tiempo hace que tabaja en la empresa?-----El hombre responde-----Cinco anos--------Ella dice-----Voy a pensarlo y en unos dias lo llamo para informale y usted?------Soy el gerente general y hace diez anos que trabajo e la empresa de Mathias ademas eramos muy amigos, mi nombre es Antonio! Esta bien Antonio se queda, trabajara para mi!-----El comenta-----Gracias senorita, de todas manera dentro de poco voy a jubilarme!-----En ese momento golpean la puerta ella dice----Adelante!----Es senor Daniel! ----Que pase!-----El dice-----Permiso, hola no interrumpo?----Ella dice---- No mi amor, dandole un beso-----El joven los mira sorprendido y pregunta----Que hacen ustedes aca?------Antonio dice-----Somos empleados de la senorita!-----Miriam pregunta Pero como, ustedes se conocen?-----Daniel responde-----Si, yo trabajo en la misma empresa que ellos!-----Ella dice asombrada----Como es posible tanta casualidad? Ellos trabajan para mi!-----Entonces la joven los presento-----Daniel es mi novio y si que es una casualidad!-----Enrrique le pregunta ya recuperaste la memoria?-----Si gracias a Dios!-----Daniel dice-----Asi que si mi jefa no dice lo contrario, el lunes empiezo a trabajar para ella!-----Los hombres salieron, la pareja salio al jardin, la chica le pregunta Como es posible que no te diste cuenta que el senor Mathias era tu jefe?-----Te olvidas que yo perdi la memoria?-----Perdoname mi amor, afortunadamente la recuperaste!Por favor Raquel puedes hacer que alguen nos traiga jugo fresco, por favor?Daniel porque no nos casamos?----El responde-----Mi amor quiero que me comprendas, no puedo depender de voz, dejame que trabaje por lo menos hasta que junte para la luna de miel! Ella dice-----Esta bien si eso te hace feliz mi amor esperamos!----- Pasaron el fin de semana juntos, estaban todo el dia en al casa de Miriam, a la noche el se iba a su casa. El dia lunes, llamo a Raquel y le pregunto-----Llamo a Claudia?-----Si ella dijo que la llamara el dia que iba a ir por si llegara a tener que salir, llamela y digale que hoy voy a ir como a las tres de la tarde.

Ya en casa de Claudia, Miriam contemplaba todo, no se veia mucho lujo pero tampoco parecian muy pobres, estaba mirando un cuadro cuando entra Miguel el periodosta quien Dice-----Pero que hace la nueva millonaria en mi humilde casa! Viene a decirme que me puso una demanda por violar su privacidad?-----Estas equivocado, yo vine para hablar con Claudia, no sabia que vivias aca!----En es momento, entra la mujer a la sala donde Miriam la estaba esperando, esta le dice ----Disculpeme tenia una llamada importante,--- Y pregunta----Como se conocen?----Si mami, pero ya me iba, adios senorita!-----Miriam dice no sabia que era tu hijo!-----La mujer el pregunta-----Cuando lo conocio?----El fue a mi casa a entrevistarme, pero yo no estaba preperada, porque nunca me aviso que iba, tuvimos una discucion-----Claudia era una mujer de cincuenta anos muy linda y se conserbaba muy bien, Miguel era su hijo, era muy buen mozo tenia veintiocho anos, era hijo unico de madre soltera, cuando quedaron solas la duena de casa pregunto-----Que necesita saber?-----La jove pregunta-----Raquel no te lo dijo?-----Ella me dijo que escucho, parte de la converzacion!-----Dice Claudia y Miriam responde----Asi es y necesito saber de que se trata ya que mencionaban a Mathias!---- que relacion tenias con el-----Pregunta Claudia-----No teniamos ninguna relacion, solo lo vi dos veces yo iba a un club nocturno con una amiga ella iba con el novio yo iba sola porque mi novio trabajaba en otra ciudad y no lo veia en un mes, mis amigos bailaban y yo que quedaba sola en la mesa, Mathias me vio y se sento a mi lado, me pregunto poque estaba sola y yo le explique, el parecia que estaba ancioso de hablar con alguien pidio una bebida y se puso a contarme que estaba solo, que nunca tuvo una mujer que lo quisiera, finalmente se retiro sin saludarme,el sabado siguiente, fuimos con mis amigo a festejar que se comprometian, el senor estaba alli estabamos hablado de la fecha de casamiento e ellos de repente se acerco y pregunto si podia sentarse con nosotros,-----Yo le dije esta bien, el novio de mi amiga me dice despacio porque-----Le respodi-----despues te cuento!----Me daba pena verlo tan solo, cuando salieron ellos a bailar me pregunto mi nombre se lo dije pensando que era para tener tema de converzacion, luego de un silencio me confieza que tenia una enfermedad terminal y que en cualquier dia se iba a morir, te imaginas senti escalofrios pedia bebidas y casi ni las tomaba, de repente se fue como la primera vez, no supe de el hasta que me llego la carta del abogado citandome a su estudio,esa fue mi relacion con el, yo pense que era tu esposo o tu novio por lo que te nombro heredera. Me imagino que lo hizo porque no sabia a quien darle su fortuna yo no tenia ni la menor idea que era millonario y mucho menos que me dejaria a mi su fortuna.

Bien ahora quiero saber que tenias que ver con Mathias, cual es el secreto del que hablaba Raquel-----Esta bien te contare la historia no se si me vas a creer, pero aqui no Podiamos a una confiteria?-----Dice Claudia-----Miriam comenta-----No mejor en mi casa te invito a tomar el te!-----Esta bien estare alli a las cinco-----Miriam salio de aalli y fue a recorres algunas tiendas, hizo algunas compras, como se acercaba el medio dia llamo a Daniel para invitarlo-----Mi amor quieres que almorcemos juntos?-----El le resondio-----Esta bien mi vida!-----Nos encontramos en el lugar de siempre! Dice la chica----El dice-----Esta bien!.

Cuando el llego Miriam ya esta alli, se saludaron con un beso, luego pidieron la comida rato despues la chica va al bano, cuando regresa un hombre la saluda asi-----Hola preciosa como estas?------Le responde-----perdone senor no lo conozco!-----No te llamas Miriam, no sos la copera del Club nocturno?, claro estas de vacacionnes, porque hace rato que no te veo!-----Dani creia que la la tierra se habria a sus pies, y Miriam sentia que se moria, finalmente el hombre se retiro, la joven trato de decir algo sin lograrlo, el joven se puso de pie y sin decir ni una palabra, se retiro casi corriendo,ella lo llamo-----Dani por favor escuchame!----- El siguio su camino se subio al coche y se fue, Miriam despues de pagar la cuenta, hizo lo mismo, llego a su casa,y se encerro en su habitacion, lloro desconsoldmente Hasta que se durmio, como tenia un telefono en su cuarto, este sono, cuando atendio era Gavi------Ella dice-----Hola Gavi como estas, De donde me llamas?----- De mi casa, ya llegamos-----Como conseguiste mi numero?-----Pregunta la joven-----Me lo dieron en la Recidencial y medijeron la novedad!-----Miriam le dice—Por favor veni te necesito mas que nunca, toma un taxi y yo lo pago!-----su amiga le dice-----Tranquilizate ya voy!------ Ella le dijo al marido-----Querido voy a visitar a Miriam, queres ir conmigo?-----El le dijo------No mi amor en otra oportunidad. Cuando llego su amiga, esta la estaba esperan en la entrada de la casa, Gavi le dice que hermosa es tu casa!-----Miriam, por toda respuesta se abrazo a ella llorando,su amiga le pregunta-----Estan grave lo que te ocurre?-----Miriam le dice mas calmada, vamos a mi habitacion!-----Ya alli, la joven se desahoga con su amiga-----Dani me dejo----Ella le cuenta su amiga toda la verdad, cuando termino de contarle todo, lloro de nuevo, ella decia----Yo que creia que tenia el cielo en las manos!-----Gavi le dice----No creo que sea definitivo, ya se le pasara!-----La verdad que no habiamos hablado de eso despues que recupero la memoria, con lo que paso ahora no se que pensara el!-----Comenta la chica Su amiga le dice-----Por lo pronto tranquizate y muestrame la casa!----Asi lo hizo ella-- su amiga le dijo-----Es increiblemente maraviloso todo, te felicito amiga te lo mereces! En ese momento la mucama le anuncia la llegada de vicitas-----Ho! Llegaron por fin! Son mi padres!-----La madre dice-----Aca estamos hijita como dijiste solo traemos la ropa y mis adornitos!-----Gavi le pregunta-----Como estan?-----La senora el responde, muy bien y voz como te va en el matrimonio, hasta ahora muy bien, luego de losbesos y abrazos dice el padre de la chica-----Esto no es una casa es un palacio de esos que salen en las peliculas!-----Si yo tambien que maravillada cuando la vi, todavia me parece un sueno-----Dice Miriam, su amiga le dice-----Es relidad querida, disfrutala.

Se instalaron en el otro extremo de la casa, ya que tenian todo separado, la chica llama a Raquel y le dice-----Por favor podrias vuscarle pesonal de servicio para mis padres?----- Responde cuantas pesonas necesitarian?-----Bueno una mucama y una cocinera!-----esta bien senorita, me encargo!-----Gavi le dice a su amiga-----Estoy sorprendida, ya no sos la muchachita haragana que le costaba tanto levantarce para ir a trabajar, te veo como si toda la vida hubieras estado en esta casa!-----Es que no me queda mas remedio, aunque no creas, Raquel me ayuda mucho-----Gavi le dice su amiga-----Me tengo que ir porque vamos a salir con Marcelo, ya debe de

estar esperandome!Miriam le dice-----Vengan el domingo, por todo el dia!-----Esta bien querida
le digo a Marcelo,-----Miriam llamo a Raquel para informarle lo siguente-----Esta tarde a la
cinco viene Claudia a tomar el te prefiero que lo sirvan en el jardin de atras quiero que nadie
este serca.!-----Sera como usted dice senorita!-----La chica fue al ala donde estaba hubicados
sus psdres,-----La madre le dice----Hijita no creo que podamos acostumbrarnos a este lujo, es
demciado para nosotro!-----Pues tendran que acostumbrarce, ya que lo tienen, tambien yo me
tengo que acostumbrar y darle gracia s Dios al senor Mathias por ser tan generosos----En Ese
momento llega Raquel diciendo-----Senorita, la llaman por telefono, es el senor Daniel y le dio
el telefono inhalambrico salio y contesto----Hola querido te escucho!-----El le dice-----Quiero
que me perdones mi actitud del medoo dia pero es mas fuerte que yo, no podre soportar
otra situacion igual!----La chica le preguntaQue quieres decir?-----Que no podremos seguir,no
volveremos a vernos,adios Miriam-----Ella le dijo-----Que tonta fui crei que me querias y que
valorabas mi sacrifio, de hacer ese trabajo lo hacia por nosotros, ya ves el senor que me dejo
esa herencia, lo hizo porque se dio cuenta que no me guztaba lo que hacia, pero te agrdezco
que te alejes de mi, ya veo que no te mereces que sufra por voz, sos un poco hombre---- El
repondio-----Lo lamento!-----Ella penso-----No voy a llorar mas por el!-----En ese momento llega
Claudia quien dice- Raquel me dijo que estabas aca!-----Esta bien esperame unos minutos ya
vengo!-----Ella regreso tomaron el te en silencio luego Claudia pregunta-----Bueno que es lo que
quieres saber!------ Empieza a contarme de que se trata todo-----Es muy dificil para mi pecordar
el pasado, ademas es demsiado tarde, debi haber hablado antes, esto paso hacen veintiseis
anos, yo tenia dieciocho anos, estaba locamente enamorada de mi novio nuestros padre eran
muy amigos, incluso mi padre trabajaba para de mi novio, el estudiba ingeniero agronomo
y pensabamos casarnos cuando el se recibiera, pero el se recibio ya habia pasado un ano y el
no hablaba de casamiento, yo no tocaba el tema porque queria de voluntad de el la decision,
alguien me dijo que lo habian visto con una chica muy hermosa, en locales nocturnos, para
ese entonces yo estaba embarazada, era terrible para mi, a la unica que se lo dije fue a Raquel,
ya que ella me queria muchisimo y tambien queria a mi novio, Ella me aconsejaba que se lo
dijera, pero mi orgullo era muy grande, yo estaba estudiando medicina y traduccion, tome una
decision, me iria a otro lugar con cualquier excusa, tenia dos meses de embarazo, me recibi de

traductora, les dije a mis padres que me habian solicitado como traducctora en una empresa, pero que tenia que irme a otra provincia, por algunos meses, Raquel me pregunto-----Que vas hacer cuando nazca el bebe?-----Yo le respondi ----Ya vere que hago cuando llegue el momemto- ---Raquel insistia-----Que le vas a decir a el? Lo pensare despues, asi lo hice mi novio me dijo- ----No dejes de escribirme!-----Yo le respondi-----Si mi amor, asi lo hice, me escribia y yo le contestaba, pero nunca me hablaba de matrimonio, en una ocacion me pidio que viniera un fin de semana, yo le mentia diciendo que tenia mucho trabajo, en realida era poco lo que hacia, no habia mucho para traducir, estaba en una pencion barata, ya tenia cuatro meses de embarazo, se me notaba mucho, la duena de la pencion era muy buena conmigo, me esperaba cuando no tenia dinero, afortunadamente una empresa Norteamericana que hacia poco que habia comprado un terreno estaban edificando para poner una fabrica, necesitaban traducctores, me contrataron y me pagaban bastante bien, incluso me pagaban el hotel donde se alojaban el presidente de la compania con la senora, esa era la solucion, para mi problema y fue la causa de mi desgracia, yo pensaba que el en cualquier momento me llamaba para decirme que nos casariamos pero me equivoque, le mande mi nueva direccion pero en vez de escribirme se presento personalmente, yo estaba en bata y en ese momento habia entrado Frank que asi se llamaba el senor para el que trabajaba la puerta de mi cuarto se comunicaba con la de ellos, la senora de el lo habia mandado a pedirme el periodico que me lo habia prestado un rato antes, como era sabado no trabajaba esos dias, cuando entra me pre gunta-----Que significa esto?---- Me dice mi novio-----Mirandome que estaba embarazada y viendo a Fank que se iba a su cuarto le digo -----No mi vida no lo interpretes mal las cosas!-----No! No lo interpreto mal ahora comprendo tu apuro de irte de tu casa tenias a este viejo de amante que te habia dejado embarazada, seguramente despues que naciera tu hijo ibas a decir que era mio, verdad?---- Diciendo eso salio dando un portazo.

Asi fue que perdi a mi novio para siempre-----Cuando nacio mi hijo ese matrimonio me ayudo muchisimo, ellos compraron una casa y nos llevaron a nosotros yo les ensenaba Espanol a ellos, y me pagaban asi pude comprar mi casa, en la cual recibia varios alumnos para ensenarles ingles!El padre de mi hijo nunca dijo la causa de nuestro rompimiento, cieto dia mis padres decidieron vicitarme cuando vieron que tenia un hijo pusieron el grito en el cielo, yo estaba preparada para ese momento, ellos querian saber quien era el padre nunca se los dije, se encarinaron con el nino y me pidieron que me fuera con ellos, pero yo no queria estar cerca del hombre que todavia amaba.

Asi fue que crie a mi hijo sola, nunca me case, gracia a Dios ganaba buen dinero, cuando fallecio mi mama mi papa me dijo que me fuera a vivir con el, me costo muchisimo decidirme a venir, Miguel me convencio, ya se recibia de periodista y aca tenia mas oporutnidad de trabajo, sin embargo le costo bastante conseguir algo, la esposa de mi jefe, se lamenteba de que me fuera de la empresa.

Viviamos en la casa de mis padres bueno todavia vivimos con el, la casa que compre alla la tengo alquilada-----El papa de tu hijo era Mathias?-----Pregunta Miriam-----Si asi es----Dice Claudia-----La chica le dice-----Eso es imperdonable, como pudiste ser tan dura con el y con tu hijo, como permitiste que el muriera sin saber que tenia un hijo el se sentia tan solo, que injusta fuiste, crees que tu hijo te perdonara algun dia----Tenia miedo de que no me creyera!-----Pero acaso no estaba Raquel para que confirmara tus palabras Yo supe despues de mucho tiempo que ella intento hacele entender que el hijo era de el pero no lo acepto porque dijo que yo nunca le insinue que estaba embarazada, cuando me fui-----Dijo Claudia-----Miriam comenta-----Dios mio yo que practicamente eche a tu hijo de su propia casa!------Claudia dice-----Bueno voz no lo sabias, entiendo que con lo que dices Me crees?-----La chica dice-----Claro por supuesto, es mas yo arreglare los papeles para que el reciba su herencia como corresponde!-----Claudia dice----
-Oh no! Por favor no lo hagas, me setiria terriblemente mal!-----Miriam a su vez comenta----- Si no lo hago la que se siente mal soy yo!-----Hagamos una cosa----Dice Miriam----Decile la verdad a el que el decida!-----No!no seria justo, lo que podrias hacer es cederle la mitad!-----Respode Claudia a lo que comenta Miriam-----Esta bien lo voy a pensar, pero cuando piensas decirle la verdad?-----Ella responde-----Es muy dificil, no se ni como enpezar, ni como lo tomara el, pero esta noche se lo digo sin falta, que sea lo que Dios quiera, no pensaba decirle porque no creia que fueras tan noble para renuncia a semejante fortuna-----No podria con mi consiencia si no

lo hiciera-----Dice Miriam. Era el atardecer cuando llamo Gavi diciendole-----Querida me olvide de llevarte el regalo que te trajimos-----No te olvides que los invite que vinieran a pasar el dia en mi casa, el domingo-----Esta bien alli estaremos-----Respode Gavi, suena nuevamete el telefono era Antonio diciendo-----Daniel pidio que lo dejaran permanente en donde esta ahora, quise comunicarselo a usted, esta bien Antonio gracias por hacerlo.

Lidia por favor, decile a Raquel que venga!-----Si senorita, a pocos minutos llega la mujer quien dice-----Que desea senorita-----Haga preparar cena para mis padres y mis amigos, son cuatro para el Domingo, en el comedor grande!-----La mujer dice----esta bien senorita!----Como Lidia continuaba en la habitacion ordenando ropa la joven le dice-----Lidia he visto unas valijas en el cuarto que era del senor, por favor traeme dos yo voy a elejir algo de ropa y me las preparas en las valijas, voy a viajar-----La chica le pregunta-----Cuando va viajar-----Ni bien consiga los pasajes-----Miriam llama a una agencia de viajes y dice------Necesito un pasaje para Europa lo mas pronto posible dio sus datos y le hicieron la reservacion-----Recordo que no les habia avisado a sus padre de la cena asi que fue y les dijo-----Hola como estan?-----El padre dice-----Seriamos muy mal agradecidos si dijieramos estamos mal----Bueno mami, papi el domingo quiero que vayan a comer conmigo y mis amigos, Gabriela y su marido!-----Llego el domingo y llegaron las vicitas y se reunieron todos en la sala a toma un aperitivo, la pareja contaba lo bien que lo pasaron en la luna de miel-----Llega Lucia ayudante de la cocinera y dice-----Ya pueden pasar al comedor-----Alli todos quedaron maravillados, ninguno habia tenido la posibilidad de estar en un lugar asi, habian tantas cosas en la mesa que sabia ninguno para que eran,Miriam penso que iba a tener que vuscar una persona para que les ensenara modale a todos incluida ella porque comprendio que iba a tener que tratar con gente de otra categoria, cuando terminaron el postre pasaron al living a toma cafe, la duena de casa dijo-----Tengo dos cosas que comunicarles, hay otro heredero, asi que mami y papi van a tener que cambiarse e esta lado de la casa hay suficiente habitaciones pueden elejir la que quiera, menos la mia, lo segundo es que me voy de viaje dentro de unos dias no se cuando vuelva-----La madre le dice---- pero hijita como nos vas a dejar solos aca!-----No van a estar solos las empleadas van a estar pendiente de ustedes, van a estar bien y ademas que les parece si ustedes tambien se vienen para aca hay habitaciones de sobra ustedes podrian ocupar alguna----Marcelo dice-----Podria ser mientras estas de viaje----Como ustedes quieran!-----Dice La chica--- Ademas quiero ofrecerte el puesto de relaciones publicas Marcelo que dices yo se que estas capasitado para ese puesto-----El hombre dice----No estoy muy seguro preferiria que me tomaran una prueba!-----Miriam comenta-----Esta bien yo hablo con el jefe de esa seccion.

Al dia siguiente llama Claudia Para informarle----- No pude hablar con mi hijo porque estaba cubriendo una nota y no vino en toda la noche y ahora esta durmiendo no voy a verlo hasta la noche porque estoy invitada a pasar el dia con unos amigos!------Esta bien Claudia, pero te voy a decir que me voy de viaje a Europa y no se cuando vuelva, el otro sector de la casa esta desocupado si llegan al acuerdo que dijimos pueden usarlo cuando le digas a tu hijo la verdad-----La mujer le dice------Si hasta que no hable con Miguel no voy a decidir nada, no se cual sera su reaccion!----Miriam llama al abogado de la empresa y le dice -----Manuel tengo que hablar con usted, puede venir a mi casa?----como no en diez minutos estoy alla ya en la casa el hombre esta le dice-----Me entere que el senor Mathias tiene un hijo, que el ignoraba su existencia!----Como?----- Pregunta asombrado el hombre-----Asi es -----Dice la chica-----Pero como sabe que le han dicho la verdad? -----Bueno yo creo que me han dicho la verdad----Comenta Ella a lo que el hombre insiste diciendo-----Tiene alguna prueba?-----No! Dice ella, el insiste diciendo-- tiene que exigirla------Le parece?----dice la chica-----Claro como va acreer en la primera persona que se presente y le diga tengo un hijo de Mathias!, bueno encarguese de eso usted yo me voy de viaje no se cuando vuelva!-----Raquel le dice-----Senorita la llaman por telefono, le dio el inalambrico y contesto----Si digame, le hablo de la agencia de viajes, tiene un vuelo para dentro de dos dias para Espana y varios paises mas! ----Ella dice---- Esta perfecto!----- Lo confirma entonces?-----Ella responde-----Claro!----Luego habla con Roque el abogado y le dice-----Dentro de dos dias me voy de viaje, asi que se encarga del hijo de Mathias y de todo enseguida hablare con Antonio para comunicarcelo!----El hombre le dice----Esta bien, que tenga un muy buen viaje! Ese dia salio para hacer algunas compras, para llevarla en su viaje, ya era de noche cuando llego, la mucama le anuncia-----Senorita el senor Marcelo la llamo, dijo que lo llamara cuando llegara!----Ella dijo-----Esta bien Lidia, gracias!----Asi lo hizo-----Hola Marcelo que novedades me tienes?-----Hola Miriam, pase la prueba mejor de lo que pensaba!-----Ella dice-----Que bien, Entonces ya sos empleado de mi empresa!-----El hombre dice-----Si, el lunes empiezo!-----Ella pregunta-----Cuando se vienen para aca?- El responde-----Manana!----Muy bien, los voy a esperar, pasado manana me voy-----Al dia siguente, como al medio de dia llama Claudia----Hola Miriam, te llamo para decirte que Miquel me llamo para decirme que lo enviaron no se a que lugar, que va a estar varios dias, yo creo que Dios no quiere que le diga nada,!----Ella dice----Esta bien, es tu decision, yo cumpli con mi conciencia, ya vere como se presentan las cosas, bueno Claudia me despido de voz porque manana me voy de viaje, no se cuando vuelva, cualquier cosa que decidas habla con mi abogado!------Claudia responde----- Esta bien, que tengas buen viaje.

Estaba sentada en el jardin cuando Monica escucho el timbre de la casa, llega Lidia diciendo--
---Senorita el Enolo esta aqui!-----Hola!----Dice el hombre-----Perdon le traigo unas botellas de
vino para que lo pruebe!-----Asi lo hizo la joven, diciendo----Esta riquisimo!----El comenta----
--Es que soy un buen Enologo, modestia aparte!----Ella dice Bueno yo no soy muy experta en
vinos pero si voz lo decis, a proposito, voy a viajar a Espana te parece buena idea ofrecer nuestro
vino?---- El contesta----Si claro, nosotros enviariamos muestras!.

Al dia siguiente ella partia rumbo a Espana, Llego en un atardecer el vuelo fue muy bueno,
cuando llego al hotel, y solicito alojamiento, le dieron el cuarto numero114 en el piso 10 el
camarero le informa-----Senorita, yo le llevo las Valijas!----Ella respondio-----Esta bien gracias!ya
en el cuarto ella decidio darse una ducha, luego salio al jardin, era el atardecer, el tiempo estaba
hermoso, estubo varios minutos alli, luego decidio ir al comedor ya que era la hora de la cena,
a los pocos minutos un camarero se acerca y le pregunta------Que se va servir la senorita?------
Quisiera una ensalada------Comenta ella-----El mozo le dice-----En unos minuto le sera servida,

senorita!-----Luego de terminar su cena se retira a su habitacion, ya alli despues de mirar un rato television se durmio.

A la manana siguiente, luego de desayunar, le pregunto al camarero-----Como hago para hablar con el gerente?-----El hombre le dijo-----Si lo desea yo la puedo anunciar!-----Ella respondio-----Esta bien, me avisa cuando puedo verlo!-----Rato despues llega el camarero diciendo-----Perdon senorita, el senor gerente todavia no a llegado!-----Ella le contesta------Esta bien, me avisa cuando llegue-----Salio al jardin, quedo maravillada, era un hermoso jardin, bellisimas flores, al rato llego el botones y le anuncio que el gerente habia llegado, ella le dijo-----Gracias ahora voy----- asi lo hizo ella-----Llamo y la atendio la secretaria-----Pase senorita el senor Ismael la esta esperando!-----El hombre dice-----Adelante Miriam, ese es tu nombre verdad?, perdoname la familiaridad, pero te veo tan joven!------Ella dice-----Esta bien, pero usted tambien lo es!.

Bueno soy propietaria de varias hectareas de vinedos y bodegas donde se elaboran uno de los mejores vinos del mundo, tambien envasamos frutas y verduras, estoy aca para ofrecerte mis productos, si estas interesado podemos pedir que envien muestras de lo que prefieras!------ El responde------Bueno, tendrias que ordenar un envio de los producto y yo veo si es conveniente el negocio y si es asi llegaremos a un acuerdo. Ella salio a caminar llego una a galeria, alli se encontro con un grupo de personas, no sabia de que se trataba, era que habia un cantante famoso y para su sorpresa alli estaba Miguel entrevistando al cantante, el no la vio y ella siguio su camino, luego de recorrer varias tiendas, y hacer algunas compras decidio comer, encontro un restaurante y entro, el lugar era muy agradable, cuando se disponia a comer se acerco un nino, pidiendo, el mozo lo vio trato de echarlo, la joven intervino diciendo-----Dejelo por favor traigale comida------ Le pregunta al nino----- Que deseas comer?-----El sorprendido pregunta-----De verdad me dan comida?-----Claro!------ Comenta Miriam,cuando termina la comida ella le pregunta-----Que prefieres de postre?-----El contesta----Un flan grandote!------ Asi fue que gracias a ese nino paso un dia muy divertido, lo llevo a comprarle ropa y luego a un zoologico, ella le pregunto-----Adonde vives?-----El le respondio-----Donde se hace la noche!----- La joven vuelve a preguntar-----Como es eso?-----Claro a veces en una plaza, otras en una casa abandonada!-----La chica pregunta nuevamente-----Es que no tenes padres?----El comenta----No, a mi papa lo mataron cuando yo tenia unos meses, mi mama me crio trabajando de sirvienta con cama adentro, cuando yo tenia cinco anos tenia que trabajar, regar el jardin, lavar los autos a medida que crecia se me aumentaban el trabajo, mi mama amanecio enferma un dia la llevaron al hospital y alli fallecio, a mi me metieron en un orfelinato, pero que va al poco tiempo me escape!-----Ella le pregunto----No es mejor el orfelinato que pasar hambre y frio, como haces en el invierno?------Oh! Me dejo agarrar, robo algo y ya esta!-----Asi paso el dia Luis que ese es el nombre del nino, lo mas feliz, como nunca lo habia estado, Miriam le dio algo de dinero, y le dijo----Manana nos volvemos a ver!-----El respondio------La estare esperando!----- Cuando llego a su hotel estaba anocheciendo, fue a su cuarto se dio un bano, descanso un rato, se estaba quedando dormida cuando escucho un bullicio, se asomo al pasillo, nuevamente el periodista detras del cantante, esta vez el la vio, ya que justo pasaba cuando esta abrio la puerta,

El exclama-----No puedo creerlo usted aqui?----Ella dice---- Eso mismo digo yo, otra vez voz esta manana te vi en una galeria ahora aca!----- Como el cantante entro a su suit, los periodistas quedaron afuera asi que ella los invito a pasar a Miguel y a su camarografo----Pasen pero es una invitacion de cortesia no de entrevista, desean tomar algo?-----Si, por favor un refresco!-----Mientras le servia la joven le pregunta-----Desde cuando estan aca?-----Miguel responde-----Hacen dos dias, nos enviaron para entrevistar a este cantante, y usted desde cuando esta aca y a que vino?------Bueno en viaje de negocio y de placer!-----Me aceptaria una invitacion a cenar?-----Pregunta el joven-----Ella respondio-----Si acepto, es mas si se llego a concretar el negocio que estoy tratando, les doy una entrevista!-----El joven pregunta -----Perfecto, es una promesa?------Claro!-----Responde ella-----Salieron del hotel tomaron un taxi y llegaron a un elegante restaurante, el joven le pregunta-----Que se va servir, aca esta la carta para que elija lo que prefiera comer!-----Ella responde-----Por favor deja de tratarme de usted si somos casi de la misma edad!-----Si, pero usted, oh perdon voz sos millonaria!-----Ella respondio dando un carcajada-----Que tiene que ver soy un mujer comun y corriente, quien te dice que voz llegues a tener un golpe de suerte, que tengas una gran oportunidad de un trabajo millonario, me tratarias diferente?-----Claro que no, fue un comentario ridiculo perdoname, que te parece si vamos a bailar un rato a un boliche?-----El camarografo dijo-----Gracias por todo, pero yo me voy a dormir!-----Asi fue, los jovenes, bailaron hasta muy tarde, ella le dice-----Que te perece si nos vamos, me esta dando sueno y no quiero empezar a bostezar!-----El responde----Esta bien llamare un taxi!-----Mientras esperaban ella le pregunta-----Tenes novia?-----El comenta-----Si y no----Como es eso?-----Pregunta ella, a lo que el aclara-----Lo que pasa es que es muy celosa, y estamos digustados porque le molesta que yo tenga este trabajo, siempre estoy viajando, asi que siempre nos separamos enojados!-----Viajan en silencio en ese momento el se toma la cabeza, Miriam le pregunta------Que te pasa estas enfermo? ------El responde-----No,solo fue un mareo, ya se me paso!-----En ese momento llegan al hotel ella le pregunta adonde te alojas?----- El joven comenta-----Aca mismo!-- Ella insiste------Quieres que te lleve a un hospital? Puede ser que se te vajo la presion!--- El asegura-----No hace falta, estoy bien!-----Asi que cada uno fue a su habitacion, antes despidiendose con un hasta manana.

Al dia siguente, Miriam estaba todavia durmiendo cuando la llaman por telefono, ella contesta-----Si, quien es?------La secretaria del administrador, el desea verla!-----Ella responde-----Digale que en media hora estare alli!-----Muy bien senorita!-----Se lo dire---- Responde ella.

Ella se arreglo lo mejor que pudo, despues de tomar un bano, media hora mas tarde habla con la secretaria diciendo-----Aca estoy!-----Muy bien senorita el senor Ismael la esta esperando!-----Entra diciendo-----Permiso senor administrador!-----El responde----- Adelante Miriam, ese es tu nombre verdad ?-----Ella dice-----Asi es Senor!-----El comenta-----Perdoname la familiaridad, pero te veo tan joven!-----Esta bien, usted tambien lo es!-----Responde ella----- El dice esta bien suprimamos el usted Okey?-----Ella contesta------Esta bien, entonces hablemos de negocios!-----El dice-----Sientate y explicame de que se trata!-----Ella comienza a explicar-----Se trata de lo siguiente, soy propietaria de varios vinedos,frutales y chacras y bodegas donde se elaboran unos de los mejores vinos del mundo, envasadoras de frutas y verduras, vengo a ofrecerte mis productos personalmente porque estoy vicitando, algunos paises de Europa, este es el primero que visito, si te interesaria el negocio, llamaria a mi administrador para que envie muestra de los productos que te mencione!-----El hombre se quedo unos minutos en silencio, luego comento------Bueno, cuando lleguen los productos, te contestaria, mientras que te parece tomamos un cafe?------Ella responde-----Esta bien!-----El llamo a su secretaria diciendole-----Por favor puedes traer dos tazaz de cafe?-----Si senor!-----responde la mujer------Estas sola en este pais?-----Pregunta el hombre------Ella responde------Si asi es, no tenia quien me acompanara!-----Como es eso, y tu marido esta tan ocupado?-----Es que no tengo ni marido ni novio!-----Como es posible es que los hombres en tu pais no tienen tiempo para las mujeres, que una mujer tan hermosa esta tan sola?-----Ella comenta-----Lo que pasa es que hace poco rompi con mi novio, estabamos a punto de casarnos, esa es la razon por la que estoy aca en este momento!---- El dice-----Perdoname, pero me alegro, ya que tuve la oportunidad de conocerte, que te parece si te invito a comer? Pero no aca, me voy a tomar el resto del dia libre y despues de comer te llevaria a conocer algunos lugares que quizas te gusten!-----Ella responde--- Claro encantada!.

Salieron una hora mas tarde, fueron a un lujoso restaurante, hubicado en una zona turistica bellisima, luego de comer, recorrieron en auto los lugares mas bellos; el le pregunto------Que te parece si caminamos un poco?-----Encantada, me gusta mucho caminar!------Dice ella, luego de caminar un rato, el le propone-----Mira alli hay una heladeria, que te parece si tomamos unos helados?-----Ella responde-----Esta bien!-----Ya caia la tarde, el dice------Mira que bello atardecer, el sol reflejado en el agua! Sabes ya habia olvidado estos bellos atardeceres, no recuerdo cuanto tiempo hacia que no venia a este lugar!-----Porque razon no venias?------Pregunta ella, a lo que el comenta--- Lo que paso es que por falta de tiempo y de compania!-----No puedo creer que no tengas quien te acompane!------ Dice ella y el responde-----Claro, pero mis companias no son para este lugar!-----Comprendo!-----Responde ella, siguen caminando, de pronto el le toma la mano, ella no se resistio, es mas estaba a gusto con la situacion, ella comenta---- Mira un banco sentemonos estoy algo cansada!----- El la invita diciendole-----Que te parece si vamos a algun lugar a bailar?-----Ella le dice-----Mejor dejemoslo para otro dia, ya te dije que estoy cansada, por favor llevame al hotel, lo dejamos para otro dia.

Cuando llegan al hotel, el botones le dice-----Senorita le llego esta carta!-----Esta bien, gracias!-----Dice ella---- Ya en su cuarto, leyo la carta, era de su amiga Gavi----Te extranamos mucho, pero si lo estas pasando bien, no te preocupes!-----Luego de leer la carta se recosto, a mirar television, en eso estaba cuando llaman a la puerta, era la mucama quien le comunica lo siguiente-----Senorita al senor Miguel lo llevaron al hospital, dejo dicho que le avisara cuando llagara!-----Ella pregunta----Que le paso?------La mujer le contesta-----No lo se senorita!-----La joven averiguo en que hospital esta y fue a verlo, le dijeron que estaba en terapia intensiva, pidio hablar con el medico que lo estaba atendiendo-----Por favor doctor podria decirme que pasa con Miguel?-----El medico le pregunta-----Usted es familiar?-----No soy amiga, en este pais no tiene a nadie mas!-----Responde ella el hombre le informa lo siguente-----Todavia no esta confirmado el diagnostico, pero esta muy grave, tiene una fiebre alticima y no le vaja con nada, manana se sabra realmente que tiene, tenemos una idea pero no podemos todavia dar diagnostico!-----Ella responde-----Esta bien manana regreso!-----Esa noche casi no pudo dormir, estaba realmente preocupada, a la manana siguiente cuando fue a desayunar, se encontro con Ismael quien le dijo------Parece que se te paso rapido el cansancio anoche—Ella le pregunta-----Porque me decis eso?-----Es que te llame y me dijeron que habias salido!------Ah! Si, es que me dijeron cuando llegue que a mi amigo lo habian llevado al hospital y fui a verlo!------El pregunta-----Oh! Lo siento, es muy grave?-----Parece que si, hoy boy a ir de nuevo y me van a informar que tiene!-----Ella comenta, el responde--- Lo lammento, espero que no sea nada grave!.

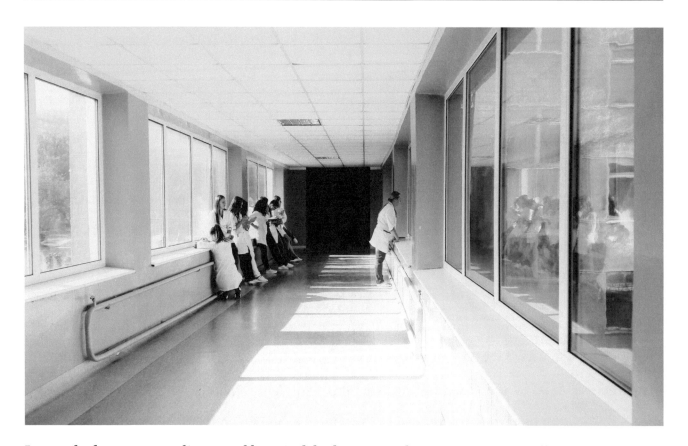

Luego de desayunar, salio para el hospital, la dejaron verlo pero con mascarilla, guantes y ropa especial, el estaba con oxigeno pero conciente, ella le pregunta-----Como estas?-- El responde-----Me siento muy mal, todavia no me han dicho que tengo, a voz te dijeron algo?------Ella respondio-----No, me dijeron que hoy tienen los resultados de los estudios que te hicieron!-----En ese momento entra una enfermera quien le dice----Por favor, podria salir necescito hacear al enfermo!-----Estando afuera el medico de la noche anterior le dice----Senorita, venga a mi oficina por favor!-----Asi lo hizo Miriam el medico le comunico, por favor tome asiento, lo siento senorita por lo que tengo que informarle, su amigo tiene sida!-----Ella dice horrorizada-----Dios mio eso es terrible---- Necesito saber que clase de relacion la une al enfermo!-----Ella responde-----Oh! Solo una gran amistad!-----El contesta-----Lo siento senorita, pero debo estar seguro de que no han tenido contacto sexual!-----Comprendo doctor pero no, no ha habido sea clase de relacion, puede estar tranquilo, el es para mi como un hermano, y me causa una gran tristeza pensar en el y su madre lo que les espera!, como va a decirselo doctor?-----Cuando mejore se lo dire!-----Ella exclama-----No me atrevo a ir, no podre disimular mi angustia, por favor digale que me tuve que ir porque tenia una cita de negocios!.

Cuando llego al hotel entro a su cuarto y no pudo contener mas el llanto, lloro desconsoladamente, le aterraba pensar en el momento que se enterara, tanto el como su madre, estuvo varios minutos inmovil, la sobresalto el timbre del telefono era la telefonista que le informaba-----Senorita tiene una llamada el senor Miguel, y como se que son amigos, se la pase a usted!------Ella pregunta----De quien es la llamada?-----De la mama de el!-----Por favor, no deseo hablar con ella ahora, ya le dijo que estoy aca?---No ella esta esperando que la comunique con el hijo!-----Digale que el salio y que no sabe a que hora regresa, por favor!-----Esta bien senorita, como usted diga!-----Ella dice tomandoce la cabeza-----Dios mio esta es una pesadilla, lo peor es que no se que hacer, debo tranquilizarme, penso decidio tomarse un bano, cuando salio del bano sono el telefono, era Ismael quien le pregunta-----Hola como estas?-----bien y voz?----pregunta ella, el le comenta----Pensarias que soy muy cargozo si te invito a comer de nuevo?----- ella dudo un momento luego penso que le haria bien hablar con alguien y dijo-----Esta bien, aunque si, pienso que sos cargoso, acepto la invitacion!-----trato todo el tiempo de dicimular su angusta, pero no lo logro del todo ya que el hombre le pregunto-----Pasa algo Miriam?-----Ella respondio-----Si estoy preocupada por Miguel, todavia no informan de la enfermedad que tiene!-----El pregunta-----Es muy amigo tuyo?----Bueno en realidad fui amiga del padre de el que ya fallecio y de la madre, con el trate pocas veces, es por la madre de el que me preocupo, es su unico hijo!-----Ismael pregunta-----Porque piensas que pueda tener algo malo?-----No se, tal vez porque demoran tanto en dar un diagnostico!-----No quiso decirle la verdad hasta que no se lo digan a Miguel.

Estaban comiendo frente a una ventana cuando vio a Luis, recordo que habia quedado en encontrarse con el, seguramente la estubo esperando y se fue desepcionado al ver que ella no fue, estaba en esos pensamientos cuando el hombre le pregunta-----Miriam, aceptarias que fueramos a bailar esta noche?-----Perdoname, pero no tengo animos para diversion!-----Dice ella, el hombre le responde-----Perdoname no pense en tu preocupacion, en otro momento salimos, esta bien?-----Si, esta bien, podrias llevarme al hospital por favor?-----Dice ella, el responde----Si, encantado!-----Cuando llego fue directamente al cuarto del joven, pero no lo encontro, fue a la mesa de entradas y pregunto----=Podrian informarme donde esta Miguel Fernandez?----- La empleada responde-----En el cuarto 105!-----No, el no esta alli-----dice Ella, la

mujer contesta----Espere un momento voy averiguar si lo llevaron para hacerle algun estudio!-
----luego de hablar por telefono con varias personas le informa-----Lo siento senorita pero el
enfermo no esta en ninguna parte, nadie sabe nada de el ni como se fue!-----Entonces ella pidio
hablar con el doctor que lo atendia-----Que paso doctor le dijo de la enfermedad que tiene?-----Si
era mi obligacion, pero no sabria decile porque se fue!.

Salio del hospital, tomo un taxi, cuando llego al hotel fue a la habitacion del joven, llamo pero
nadie contesto, fue a la mesa de entradas y pregunto, le dijeron-----El joven se fue del hotel hacen
dos horas, el camarografo se fue ayer, con el cantante!----Ella dice Me podrian averiguar donde
esta el cantante, y si ellos estan con el, Por favor?-----El empleado dijo-----Esta bien senorita!----
-Se fue a la oficina de Ismael, la secretaria la anuncio, el dijo-----Que pase por favor!-----Cuando
la joven entro, el dijo-----Hola Miriam, como estas? Te veo como preocupada!-----Lo estoy y
muy preocupada!----Dice ella, el pregunta-----Se puede saber la razon?-----Es que Miguel se
fue del hotel y no se donde esta!-----El pregunta-----Como no estaba en el hospital, y cual es tu
procupacion? Antes que la chica contestara, la secretaria le comunica al joven que la policia
necesita hablar con el-----El le responde-----Esta bien, que esperen un momento!-----Mirian le
dice-----Yo se a que vienen esos policias, Miguel tiene sida, en el hospital me lo dijeron, eso era
lo que queria decirte!-----Ismael hizo pasar a los policias con los que comenzaron a decir-----
Recibimos una orden de revisar este hotel ya que el periodista que estaba alojado aca padece de
sida y huyo del hospital donde estaba internado!-----Ismael respondio------Acabo de enterarme
de eso, pueden revisar todo lo que deseen, La senorita es amiga de el pueden preguntarle que
sabe!-----Esta bien senorita, que podria decirnos?-----Lo siento pero no se nada yo llame a la
habitacion de el pero no respondio nadie, pregunte en la mesa de entradas y tampoco pudieron
darme informacion, solo sabian que habia pagado y se habia ido!-----Puede ser que se haya ido
a su pais?-----Pregunto uno de los policias?-------No creo, la mama de el llamo porque no tenia
noticias de su hijo!-----Comento la chica,luego dijo-----Permiso no tengo nada mas que decir!--
---Y salio del hotel, comenzo a caminar sin rumbo, sin darse cuenta llego al restaurante donde
encontro a Luis, cuando iba pasando oyo decir-----Le pasa algo senorita?-----Se dio vuelta y
dijo-----Oh! Luis que suerte encontrarte, quiero disculparme por no haber venido ese dia que

quedamos de encontrarnos!-----No se preocupe, yo entiendo, usted es una persona importante, que tiempo va a tener para encontrarse con un nino callejero!-----Dice el nino, ella responde-----No es lo que piensas, mi amor, lo que paso es que llevaron a un amigo mio al hospital y me informaron que estaba muy grave!------El dice-----Cuanto lo siento senorita, pero es incurable?-----Ella no se atreve a decirle la verdad y dice-----Todavia no se sabe, pero veni vamos a comer algo y manana vamos a un cine a un lugar que voz elijas, esta bien?------El nino dice----Le acepto ir a comer, pero manana no vamos a ir a ningun lado, porque no creo que usted tenga ganas de divertirse!-----Esta bien querido, si no tengo ganas de divertirme!----Dice ella, luego de comer salieron caminaron un poco y luego la chica le dio un dinero al nino y llamo un taxi y se fue al hotel, ya en su cuarto se recosto en la cama, se estaba quedando dormida cuando sono el telefono, era Miguel-----Hola, Miguel?-----Pregunta ella, el responde-----Si Miriam como estas?-----Preocupada, porque te fuiste sin decirme nada?-----Pregunta ella el responde-----Que podia decirte, estaba tan deseperado que solo pense en escapar, pero no te preocupes estoy mas tranquilo, pero te voy a pedir por favor no le comentes nada a mi mama, cuanto mas tarde se entere sera mejor!----Lo crees asi?-----Pregunta ella a lo que el responde-----Si, cuando yo lo crea conveniente de lo digo!-----Como te sientes?-----El comenta-----Bastanta bien, estoy siguiendo el tratamiento que me dieron, y me cuido mucho y cuido de no contagiar a nadie, hable con mi mama y le dije que me enviaron a otro pais!-----Necesitas dinero?------Pregunta ella, el dice -----No, ademas no tengo gastos porque estoy en un programa del gobierno y corren con todos los gastos!-----Ella comenta------ Bueno me alegro que estes mas tranquilo, te deseo todo lo mejor!. Ya mas tranquila, llamo a Ismael, pero le dijeron que ya se habia ido, asi que se entretuvo mirando television, hasta que le dio sueno y se acosto.

Al otro dia la llamaron de su pais para informarle que ya habian enviado las muestras, se habia olvidado completamente de sus negocios, le dijo al administrador de ella,----Esta bien, preparen una tanda que estoy segura, en cualquier momento la voy a pedir!-----Cuando termino de hablar con su administrador, le entro otra llamada, era de la madre de Miguel, que le hablaba y esta le contesto-----Hola, como estas?-----La mujer le pregunta-----Miriam Es verdad lo que estan diciendo los medios de comunicacion?-----La joven responde----No se a que te refieres!------Por favor no me digas que no sabes si es verdad lo de la enfermedad de Miguel!-----Comenta la mujer, Miriam le responde-----Por favor porque no esperas a que el hable con voz?-----Como me pides eso, no te das cuenta que estoy deseperada?-----Dice Raquel, la joven insiste diciendole-----El esta bien!-----La madre responde-----Como voy a creerte que esta bien!-----Yo te comprendo pero porque no esperas que el hable con voz? El te va a llamar en cualquier momento, creo que llego el momento que le digas todo a tu hijo!-----Comenta Miriam,ella dice-----tenes razon cuando me llame le cuento todo.

Era cerca del medio dia cuando salio a caminar, ya salia del hotel cuando escucho que le hablaban de atras, se dio vuelta y lo vio,era Ismael que le decia-----Hola! Queres que te acompane,-----Ella le respondio-----Es que no voy a ninguna parte!-----El le dice----Bueno, vamos juntos!------Ella rio al escuchar el comentario del joven-----El comenta--- Oh! Habia olvidado lo linda que te pones cuando sonries, estas mas tranquila?----Si un poco-----Responde ella, el la invita-----Quente parece si vamos a dar una vuelta en mi coche?----Esta bien!----Dice ella-----Anduvieron un largo rato, el le propone-----que te parece si comemos algo?------Me parece exelente idea, ahora me doy cuenta que no he comido nada hoy!-----Comenta ella, el le dice-----Mira alli hay un restaurante!----Entraron una vez alli pidieron una mesa, ella comento, que bonito lugar!-----De verdad te gusta?-----Pregunta el-----Claro es muy agradable!-----Mientras esperaban la comida Ismael le dice-----Se que este no es el lugar mas adecuado, pero no puedo esperar mas!---Ella le pregunta-----De que se trata?-----De nosotros, te quiero Miriam!-----Ella exclama----Como?-----De que te sorprendes, no te lo esperabas?-----Dice el, ella responde-----Si me sorprendes,no te lo voy a negar, hace muy poco que nos conocemos!-----Que, te desagrado?-----Pregunta el hombre, la joven responde-----Oh!no, al contrario!-----Que significa eso, que voz tambien lo estas de mi?----Pregunta el----Ella responde-----No estoy segura, se que me agradas, que me gusta estar en tu compania!-----Cuando terminaron de comer, el le propuso-----Que te parece si vamos al cine?-----Ella comenta-----No creo que sea una buena idea, la tarde esta demaciado hermosa para encerrarnos en un cine! Porque mejor nos compramos unos trajes de bano y nos vamos a la playa!.

Asi lo hicieron, nadaron varias horas, por momento Miriam estaba pensativa el hombre le pregunta-----Que te ocurre?-----Ella contesta-----No puedo dejar de pensar en la madre de Miguel!------Ismael le dice-----Por favor mi amor, que ganas con preocuparte, la vida continua, ademas todavia esta vivo y no hay que perder la esperanza de que en cualquier momento encuentren la medicina que se necesita!-----Ella responde----gracias tus palabras me ayudaron mucho!------Estaban recostados sobre la arena, el se acerco y la beso intensamente,el le dijo-----Perdoname no pude resistir la tentacion!-----Ella le contesto-----No tenes que pedirme perdon, no me molesto, pero te repito dame tiempo--- Paso un mes, saliendo casi a diario, a veces lo hacian con Luis, ambos se encarinaron con el nino, al extremo que Ismael le preopuso lo siguiente-----Que te parece si te vas a vivir conmigo?-----Luis quedo pensativo por un momento luego respondio----No se si me acostubraria a vivir de otra forma que no sea en las calles, pero lo voy a pensar. Una manana, Ismael llama por telefono a Miriam y le dice-----Que te parece si vamos de picnic hoy, es Domingo y lo pasarenos muy bien!------Asi fue, llevaron todo lo necesario estaba serca de un rio asi que luego de comer y tomar algo ella dice------Mira ese rio, que clarita el agua! Que te parece si nos metemos un rato?-----El dijo---Acepto, es una idea maravillosa, estoy encantado!asi pasaron un largo rato, luego salieron a caminar, habian muchos arboles, asi que se sentaron debajo de uno para descansar, ella le dijo----- Luego de unos minutos de silencio, ella le dijo-----Ismael, te tengo que confesar algo, no se como ocurrio ni cuando pero me di cuenta que estoy enamorada de voz, lo lograste!---El la abraza y besandola apacionadamente, le dice-----Mi amor que feliz me haces, que te parece si nos casamos manana?-----Ella exclama----- Como, estas loco apenas nos conocemos, como crees que nos vamos a casar? Yo tengo que irme a mi pais, para saber como estan mis negocios!-----Pero nos queremos,esta bien tienes razon, pero en un mes yo me voy y nos casamos alla, que te parece?-----Eso me parece sensacional.

Al dia siguiente, Miriam fue a buscar a Luis, sabia donde encontrarlo- el al verla se acerca y le dice----Hola senorita, como esta, y su amigo esta bien?-----Ella lo abraza y le dice----Estoy bien y mi amigo tambien querido, vengo a despedirme porque ya me voy a mi pais!-----El nino la miro con tanta tristeza que Miriam se conmovio mucho, el le dice-----Ya no la volvere a ver mas?----- No digas eso, algun dia volvere!-----Le dice ella, el nino responde-----Nunca la voy a olvidar!-- ---La joven responde-----Yo tampoco mi amor!-----Como de costumbre lo invito a comer, luego trato de darle dinero, pero lo rechazo diciendo-----No gracias es demaciado con invitarme a comer, y brindarme su amistad!. Ella no insistio, penso que el nino se ofenderia, y dandole un beso y un fuerte abrazo se despidio de el.

Cuando llego el momento de que se tenia que ir, la joven le dice a Ismael------Puedo pedirte algo?------El responde-----Claro mi amor, de que se trata?----- Te acuerdas del nino que te hable?------Claro, Luis!-----Responde el, ella le comenta----Le podrias dar este dinero, yo se lo quise dar pero no lo acepto, el lo necesita!-----No te preocupes yo le dare dinero y tratare de de hacerlo lo mas seguido posible!, no te preocupes mi amor, me ocupare de el, se despidieron con un apasionado beso, el dijo------Dentro de un mes estare alla, mi amor esperame!-----Asi lo hare,estare esperandote.

Despues de un largo viaje llega finalmente, su familia y su amiga la estaban esperando en el aeropuerto, y salieron todos rumbo a su casa, todo el personal de servicio la estaba esperando, le habian preparado una gran bienvenida, como ya era algo tarde, ella decidio retirarse, su amiga la acompano vino el comentario obligado-----Que terrible lo que le pasa a ese muchacho-----Dice su amiga-----Ella comenta-----Si, tambien es terrible el sufrimiento de la madre!-----Luego vino la confidencia----Tengo una noticia que no te la esperas!-----Dice Miriam-----De que se trata?-----Pregunta su amiga, la joven responde-------Estoy enamorada!------Gavi dice sorprendida---- No te puedo creer!-----Si, es un hombre encantador, me conquisto de a poco!----- Continua Miriam, a lo que su amiga le pregunta-----Estas segura que olvidaste a Dany?-----La chica responde------Eso ya es pasado, Ismael es el presente, el va a venir para que nos casemos!----Gavi responde---Bueno me alegro que hayas podido superarlo, es hora que encuentres la felicidad, te la mereces.

Al dia siguiente llamo a Claudia-----Hola, Claudia como estas? Bien, Miguel esta tranquilo, el tratamiento le esta dando resultado!------Miriam le dice-----Me alegro mucho, ya hablaste con el? Yo ya hable con mi abogado para que se encargue de todo, como te lo dije antes!-----Claudia le responde-----Hable con el y me compredio y me perdono!-----Miriam le dice----Me alegro mucho que todo haya salido bien.

Cuando llego Ismael, no venia solo trajo a Luis con el, fue una alegria muy grande para ella, luego de las presentaciones y los comentarios, la ama de llaves dice------La mesa esta servida pueden pasar!------Asi fue que, como era la hora de la cena, cuando finalizaron la pareja salio al jardin y su amiga y la familia se fueron a sus lugares de la casa, Miriam dice-----Luis, asercate, contame como fue el viaje?-----El dice-----me dio mucho miedo al principio, pero se me paso, que lugar tan hermoso este, es su casa?------Ella contesta si, mi amor y la tuya, aca podes hacer lo que desees!-----El pregunta-----Tanto asi?------Claro, pero mientras no hagas nada malo!-----LLamo a Lidia y le dijo-----LLeva a Luis a su habitacion, pero si no quiere dormir todavia, que vea television, estas de acuerdo mi amor-----Dice ella dirijiendoce al nino-----Claro responde el. Luego la pareja hablan entre besos y caricias del casamiento- Que te parece si nos casamos en una semana?-----Pregunta Ismael------La joven responde------Estoy de acuerdo querido, dentro de una semana.

Asi fue, en una semana se casaron, hicieron una fiesta expectacular, despues de la luna de miel, ella siguio haciendo negocios en varias partes de mundo y cuando viajaba iba con su marido, Luis comenzo a ir a la escuela, lo llavaban y lo traian, el esta muy feliz con su nueva vida, los padres de ella se adaptaron tambien a la nueva situcion.

ACERCA DE LA AUTORA

Mi nombre es Angélica Saldana, desde niña me gustaba escribir, cuando estaba en cuarto grado la maestra propuso hacer un concurso, se trataba de escribir un poema, el tema era libre así que cada uno debía elegir. El tema yo elegí, MI ABUELA, la quería muchísimo.

Afortunadamente gané el concurso, me sentía muy emocionada pensando que ella lo estaría también, si lo estaba no lo demostró, pero yo pensé que ella no demostraba mucho lo que sentía.

Siempre estaba buscando un papel y lápiz para escribir cosas que se me venían a la mente, pero nadie los leía ni sabían de mi interés en escribir cosas, ni yo misma sabía porque lo hacía.

Muchos años más tarde empecé a escribir cosas más concretas, primero fueron poesías, en poco tiempo hice como veinte, una vecina que llegó a mi casa cuando estaba escribiendo, leyó algunas y le gustaron, me dijo que porque no las publicaba, le respondí que no creía que a alguien le gustara leer poesías, ella insistió hasta que me convenció, así fue que publiqué mi libro de poesías.

Eso llamó la atención de un grupo de escritores y me pidieron que participara con una poesía en un evento que hacían EL CIRCULO DE MUJERES INTELECTUALES DE MENDOZA, de eso hace más de 30 años, me dieron una mención por participar. Después hice varios cuentos para niños, los guardé, luego continué con cuentos cortos, también los guardé, finalmente escribe varias novelas largas, una escritora de telenovelas leyó una y me dijo que fuera a México, que si algún productor la leía se iba a interesar, pero nunca pude ir a ese país.

Finalmente parece que podré publicar una de mis novelas, me quedan varias todavía, pero Dios dirá que pasará con ellas, me encantaría poder llegar a tener la suerte de que hagan una telenovela.

Printed in the United States
By Bookmasters